U0905574

孤舟

〔日〕渡边淳一 著
わたなべ じゅんいち
竺家荣 译

图书在版编目（CIP）数据

孤舟 /（日）渡边淳一著；竺家荣译．— 南昌：百花洲文艺出版社，2015.8

ISBN 978-7-5500-1084-0

Ⅰ．①孤… Ⅱ．①渡… ②竺… Ⅲ．①长篇小说—日本—现代 Ⅳ．① I313.45

中国版本图书馆 CIP 数据核字 (2014) 第 218233 号

江西省版权局著作权合同登记号：14-2014-242

出 版 者　百花洲文艺出版社
社　　址　南昌市红谷滩世贸路 898 号博能中心九楼　邮编：330008
电　　话　0791-86895108（发行热线）　0791-86894790（编辑热线）
网　　址　http：www.bhzwy.com
E-mail　bhz@bhzwy.com

书　　名　孤舟
作　　者　〔日〕渡边淳一
译　　者　竺家荣
责任编辑　张　越
经　　销　全国新华书店
印刷装订　北京鹏润伟业印刷有限公司
开　　本　880mm × 1230mm　1/32
印　　张　9.25
字　　数　180 千字
版　　次　2015 年 8 月第 1 版
印　　次　2015 年 8 月第 1 次印刷
定　　价　39.80 元
ISBN 978-7-5500-1084-0

赣版权登字号：05-2011-166

如发现图书质量问题，可联系调换。质量投诉电话：010-82069336

目录

CONTENTS

chapter 01

/

醒　悟

细密竹帘遮挡的窗户四周已微微泛白了。

天快要亮了，大概五点多了吧。威一郎这么猜想着，看了看床头柜上的圆表，果然五点过十分了。

最近晚上睡得早，九点左右就上床了。所以，每天早上一到五点准醒。不过，他没有马上起床。

近来总是感觉有尿，三番两次地起夜，随后回到床上接着睡。有的时候很快就能睡着，但有的时候总也睡不着，总是漫无边际地想心事。今天早上就是后一种情况。

威一郎再次将目光转向开始透亮的窗户。

紧挨着床边有个细长的床头柜，床头柜那边是一套桌椅——只比小学生用的稍大一点儿，还有一个小书架，这仅有六张榻榻米大的小屋已经被塞得满满的了。

威一郎开始在这个房间里睡觉，是搬到这个位于二子玉川边的公寓一年之后的事情。

买这套房子时，正值泡沫经济的鼎盛时期，4LDK[1]，要价五千五百万，在当时并不算便宜。不过考虑到这里属于世田谷区的范围，三十分钟就能到市中心，上班很方便，他觉得还算物有所值。

谁料想，后来楼市价格降下来了，到底还是买贵了，他挺后悔的，好在房贷已于三年前还清了。

总之，住了将近二十年，房子才变成自己的。由于周边都是幽静的住宅区，倒没有什么让他不满意的。威一郎在一流广告代理公司的营销部任职，工作非常繁忙，经常早出晚归的，回家也就只是睡睡觉。

刚搬来的时候，威一郎还和妻子洋子在里面的卧室睡觉。可是只过了一年，他就挪到这间屋子里来了。借口竟是自己经常深夜喝了酒回来，还要看电视，夜里又打鼾等等，怕影响妻子睡觉。

虽说这是威一郎单方面的理由，但妻子似乎也无异议，很爽快地同意了。

从那儿以后，由于他在这个房间里睡觉，内衣、袜子等放在哪儿都是自己决定，对此他已经习以为常了，只是早上睡醒之后感觉迷迷糊糊的，还是一时适应不了。

今天早上一醒来，他就赶紧看表，想要起床去上班，但马上又意识到现在已经哪儿都不用去了。

“还可以接着睡啊！”他告诉自己，于是又闭上了眼睛。

可怎么也睡不着了，他又睁开眼睛，对着开始放亮的窗户自言

1　4LDK 指客厅（Living）、餐厅（Dining）、厨房（Kitchen），4LDK 相当于四室两厅带厨房。

自语道：

“今天去哪儿呢？”

威一郎从广告代理大公司退休是在一年半以前。

确切地说，是去年二月十二日——他的生日，满六十岁的时候退休的。

退休一事完全是依照公司的规定，没什么不满的，或者应该说是求之不得的。

当然了，在退休之际，威一郎也有着自己对退休生活的设想。

自从大学毕业至今，三十八年来，自己一直只知道埋头工作。其中自然有苦也有乐，但总归一句话，自己不知疲倦地将全部身心都投入到了工作上。

所以，首先要好好休息休息。威一郎打算先充分休息个一年半载后，然后读一读一直没有时间读的书，或者去看看电影、戏剧等。

他还想重新拾起学生时代学的一点儿法语。由自己负责的与公司广告业务相关的出版物，也想抽空浏览一下。他还有围棋二段证书，还想报个班，再练一练，弄它个五段。另外，为了应酬而学会的高尔夫，以后也想好好地玩一玩。

此外，他还想找个女人谈谈恋爱。当然，以前他并非没有喜欢的女人，但多是风尘女子，跟她们谈情说爱，总也摆脱不了为公司工作的感觉，不够逍遥自在。退休以后，他觉得不必在意周围人的目光了，可以彻底地谈一场自由而纯粹的恋爱了。

他还打算抽时间去旅游。这二十年来自己就像个工作狂一样，从来没有悠闲地出去玩过。所以，应该去九州或北海道这样远一些的地方尽情玩一下。

迄今为止，夫妇俩几乎没有一起出门旅游过，估计妻子听了他的计划后肯定会高兴的。

随便一想，就有这么一大堆想要做的事，仿佛多少时间都不够他用似的。

“好啊！从今往后，时间都由我自己支配了。”

面对着对未来的美好憧憬，威一郎的心开始骚动了。

然而退休以后，现实与他原来想象的完全不一样。

最出乎威一郎意料的是，每天早上起来后他无事可做。

他以前一直以为只能忙里偷闲地搞些自己的兴趣爱好之类的事。

因此，他认为退休以后也是如此，总会有些杂七杂八的事情要做，所以需要抽时间做那些以前自己没空做的事情。

谁知，真的退了休，从早上睁眼到晚上睡觉，全都是没有什么事情可安排的空闲时间，哪里还需要抽什么时间啊，因为此时所有的时间都是闲暇时间。

这种状况是威一郎始料未及的。

以前，他是一睁眼就立刻起床，然后刷牙、洗脸、刮胡子、梳理头发。起床后不用多久便已是西服革履，在客厅一边喝蔬菜汁，一边看报纸了。

他经常前一天晚上喝酒喝到深夜，第二天早上往往没有什么食欲。

等到他差不多看完报纸的时候，妻子会起床给他泡茶，夫妻之间的必要交谈基本都是在这个时间里进行的。

比如儿子哲也从家里搬出去，住进了公司宿舍的事，或者是女儿美佳被日本桥那边的公司雇用的事等等，他都是在这个时间从妻子那里听说的。

不过，大多数时间夫妻俩没有什么可说的。他站起来说一句“我走了”，妻子便把他送到玄关，这已成了一种习惯。

在门口，有时妻子会问他：“今天晚上回来得晚吗？”但后来由于他每天都回来得很晚，妻子大概是习惯了，也就不再问什么了。

就这样，他早上一心只想着去公司上班，没有闲工夫想其他的事情。

现在可就大不一样了。

由于不用上班了，也就不用出门了，他可以一直睡到中午也没人管，整个人完全松懈了下来，可以随心所欲了。这正是因退休而获得的最大自由。

威一郎退休半年后发现，这种优游闲适的生活不但没有让他感到快乐，反而变成了一种痛苦。

因为不需要去公司，威一郎在家的时间自然就多了起来，有时候从早到晚都待在家里。这原本是很令他向往的，不过，和妻子在一起的时间也就相应多了起来。

他的如意算盘落空了也是因此而起的。

到现在为止，威一郎一直以为自己在家里的时间多了，妻子会高兴的。没退休的时候，自己作为丈夫在家里待的时间很少，从没有和妻子好好聊过天，好好吃过饭。现在退休了，两个人之间的关系会变得更加亲密、更加和睦的。

可是，现实却朝着他预料的相反的方向发展。

说实话，一直以来，威一郎对妻子的生活完全不了解。他以为，专职主妇嘛，每天除了买东西或出去办事之外，基本上都会待在家里。

然而，在家里待的时间多起来后他才知道，妻子其实经常出门。威一郎早出晚归不在家，两个孩子都已长大成人，不再需要他们照顾了。所以，妻子白天会出去两三个小时，有时候五六个小时后才回来。

若是问她去哪儿了，她就说去遛狗啦，和朋友去购物啦，或者是去练瑜伽啦，去上几年前就开始的水彩画班啦，看电影、看戏等等，日程排得相当满。而且，每次出门都和朋友在外面吃饭。

“怎么又出去啊？”

威一郎忍不住会发句牢骚，妻子却不以为意地说一句：“出去一会儿就回来。”说完就走了。

“莫非她外面有人……”他不是没有这么想过，但是随即又否定了，都五十多岁的女人了，哪里还会招男人喜欢啊。

即便是这样，以前也就算了，现在丈夫退休了，几乎每天都在家里，妻子难道不应该尽量待在家里吗？

威一郎对妻子的表现越来越不满，终于忍不住发了几句牢骚。

“我该做的家务都做完了，出去又怎么了？”妻子反问道。

再问她“什么时候回来”，她也总是含含糊糊地回答：“大概五点钟左右吧。”

从早上十点出门，直到下午五点才回来，到底她在干什么呢？出去的时间也未免太长了吧。最要紧的是，自己的午饭和晚饭该怎么解决呢？可是他每次一问，妻子就说：“冰箱里有意大利面和沙拉，午饭用微波炉把面条加热一下就可以了。”

“晚饭呢？”

“我回来以后再做。”

可是，等她五点才回来做的话，几点才能吃上呢？

“拜托你早点儿回来好不好。”

他不客气地说道。妻子便不耐烦地回应说：“好的，好的。”

这样的对话重复多次后，洋子忍无可忍似的对他说：

“我每次出门的时候，你都要问我‘去哪儿’‘什么时候回来’。别总这么问行不行啊？”

“可是，你出门，我总得知道你去哪儿呀。”

威一郎一反驳，旁边的女儿美佳便插嘴道：

“爸爸，多少给妈妈一点儿自由吧。”

“我也没有束缚她呀。她说要出门，我只是问问去哪儿，几点回来。”

“可妈妈觉得总是被爸爸这么质问，心里不舒服啊。”

“什么？”

威一郎不禁提高了嗓门。心想：真是岂有此理！这么说，我就该任凭妻子想几点回来就几点回来，不能过问，在家里干等着吗？

“你不要插嘴。”

他忍不住吼了一声，扭头回自己的房间生闷气去了。

不过，这件事也说明了退休后的自己在妻子和女儿眼里成了个多余的存在。

就算退了休，不再拿工资回家，她们也不至于这么不把自己放在眼里吧。真是岂有此理！

他憋着一肚子气，抱着胳膊坐在椅子上的时候，女儿轻手轻脚地走了进来。

“爸爸，对不起！”

听女儿跟自己道歉，他抬头朝她看了看。女儿开导他说：

“其实妈妈也不容易啊。以前爸爸整天不在家，妈妈总是自己一个人在家里，为了解闷，才培养了一些兴趣爱好。可是现在，爸爸突然不让妈妈去了，妈妈多可怜哪。”

听女儿的口气，仿佛妈妈这么喜欢外出，完全是自己一手造成的。

“与其不让妈妈出去，倒是爸爸应该多出去走走才好。这样一来，就不会对妈妈有意见了。”

出去走走，说得轻巧，问题是上哪儿去呢。威一郎陷入了沉思，女儿轻轻叹了一口气，道：

“妈妈最近好像有点儿神经过敏了。”

“神经过敏？”

“是啊。爸爸现在不是天天都在家里待着吗？而且每次妈妈出门的时候，爸爸都要问她去哪儿，什么时候回来，妈妈觉得像被人监视似的。”

倒退到二三十年前，每天早上威一郎去上班的时候，妻子也是这么问他的：

“今天晚上去哪儿？几点回来？”

威一郎每次都觉得很烦，回答起来也是含糊其词的。

可现在两个人的立场完全转变了，轮到他盘问起妻子来了。

“就算是为了妈妈，爸爸也不要老是闷在家里，出去走走比较好。”

年仅二十五岁的女儿用怜悯的眼神注视着他。

威一郎迷迷糊糊地躺着，既没有睡着，也没有完全清醒，再次睁开眼睛时已经七点半了。躺在床上看完 NHK 等各个台的与政治相关的报道后，他下了床，思考着今天去哪儿。

现在起床，开始洗脸，吃完早点出门的话，是九点多。

这个时间段电车里比较空，中途经常都会有座位。

今天上午，威一郎初步考虑的去处是商场。商场这种地方，不管什么时候进去，也不会有人觉得奇怪的。

幸好涩谷有好几家大商场，从车站走不了几步，有家十点开门的商场。

刚开门时进去的顾客，会受到店员们的夹道欢迎。

明明知道这是商场的销售策略，他也不会觉得不快。

况且已经好久没有人向自己鞠躬了。

回想在公司里的时候，他已经习惯别人给自己鞠躬了。早上去公司，无论是走进公司大门，还是进电梯，不管走到哪儿，几乎所有人看见威一郎，都会停住脚步向他鞠躬。

那时候，他觉得别人给他鞠躬是理所当然的事情；可现在当有人给自己鞠躬时，他反倒会觉得有些紧张与慌乱。

不过，别人给自己鞠躬毕竟不是一件让人觉得不舒服的事。

上午去的地方总算想好了，威一郎吃完了早餐的面包和沙拉，站了起来。

“我出去了。”

他没说去什么地方，妻子也没问他去哪儿，还是像以前那样送他到玄关。

“几点回来？”

“这个嘛，五点左右吧。你呢？”

“我今天去做瑜伽，傍晚去看哲也。”

看样子她已经打定主意去看住在川崎工厂附近的公司宿舍里的儿子了。

“那，晚饭呢？”

“我和哲也一起吃了再回来。你的晚饭我会给你做好的。”

想必又是吃冰箱里的东西吧。威一郎厌烦地问道：

“哲也怎么了？”

“也没怎么，我只是去帮他打扫打扫房间，那里实在太脏了。还有，他说想让我看看他新买的地毯。”

妻子惦记着唯一的儿子，大约半个月就会去看他一次。

威一郎也懒得再问什么，默默地走出了家门。

今天他穿着银灰色裤子和白色短袖衫，外面穿着一件驼色的外衣。正是盛夏时节，应该用不着穿外套，无奈多年来养成的习惯，好像出门就离不开外套似的。他左肩背了个挎包，里面装着钱包、本子、笔和扇子。

由于最近会经常出门，他觉得还是买一张到涩谷的月票比较划算。若是买了以后，好像每天就必须得出一趟门似的，因而他又有点儿拿不定主意了。

他坐电梯下到一楼，走到公寓门口时，遇见了正在布置布告栏的管理人。

威一郎觉得这个男人和自己年纪差不多。不知他是怎么知道威一郎退休的，有一次，竟对威一郎说：“工作这么多年，您辛苦了。”

估计是妻子告诉他的吧。从那儿以后，管理人就经常跟他打招呼。

今天也问了句：“您出去吗？”

往外走当然是出去了，可威一郎自己却有点儿“疑心生暗鬼”，觉得自己出去瞎转悠已被对方看穿了，不禁忐忑起来。

他只是“啊……”了一声，并轻轻地点了点头，就走出了公寓，朝车站走去。

这一带离多摩川很近，走到堤坝附近，清澈的河水带来的凉风拂面而来，令人感觉十分舒服。

威一郎沿着车水马龙的马路朝与堤坝方向相反的车站走去，随后买了车票走进站台。

以前上班的时候，他站在这个站台上的时间比现在要提前两个小时。尽管电车里挤得满满的，根本没有可能坐下。不过，当自己站在挤得像沙丁鱼罐头般的车里去公司时，心情也会随之兴奋起来。

相比之下，今天一上车，靠边上的老年专座就空着一个位子，他虽然坐了下来，却感觉十分不自在。

能够坐下自然值得庆幸，可是他突然发觉自己老了，而且感到周围的人对此都已习以为常了，这就更使他不安了。

总之，到了这个时间，车里已经看不见在一线工作的上班族了，大多是自由职业者或学生，以及上了年纪的妇女。

如此说来，自己也加入到这些人的行列中来了吗？他看着车里的人，这么想着的工夫，车已经到了涩谷。

他下意识地想要站起来，抢先下车，忽然觉得不对劲，就对自己说：“你又没有地方可去，着什么急呀？”

于是，他又坐了片刻，才站起来下了车。

他混在比早高峰时人少得多的人流里，朝检票口走去，一边走一边思考着“去哪儿呢”。

他再次看了看表，已经十点了，便朝着十字路口对面的那个大商场走去。

他还以为这个时间应该没什么人呢，没想到涩谷街头早已熙熙攘攘了。而且差不多都是年轻人和女性，这些人要去哪儿呢？威一郎在好奇心的驱使下，跟着人们走过十字路口，来到了距离车站五十米远的商场。

他站在商场入口朝里面张望，在确认了夹道站着两排迎接客人的店员之后，他才走进了商场。

顿时响起了一片“欢迎光临”的问候声，齐刷刷地站在左右两边的店员们立刻向他鞠躬，并且笑脸相迎。

毕竟是刚开门，店里几乎没有什么顾客，反倒显得各个柜台迎接客人的店员都特别多。威一郎在他们的热情迎接中，一边轻轻点着头，一边朝上行扶梯走去。

这个商场的领带柜台在四层的绅士用品卖场里，威一郎来过好几次，熟悉得很。

去那里的话，有年轻的女店员接待，不管他问什么，她们都会礼貌地回答。只要是面对客人，她们就不会露出不耐烦的表情。

一瞬间，威一郎为自己卑劣的企图感到惊讶，但还是去了四层。

“欢迎光临。”

四层的领带柜台也有几位女店员热情地迎接他。威一郎冲她们微微点了点头，在最近的一个柜台停住了脚步。

说实话，今天他压根儿就没有在这儿买领带的打算。自己买的加上别人送的，领带已经足够用了，再说夏天根本没有必要添置领带了。

比起买领带，他这会儿只是想跟年轻女性近距离地说说话。

威一郎先拿起一条藏青色花格领带看了起来。

一位身材苗条的女店员马上走过来，问道："您觉得这条领带怎么样？"

威一郎立刻闻到了一股清爽的柠檬香，他点点头，又拿起旁边一条红色图案的。

"这两条领带都有点儿花哨，而且对于我来说，偏窄了一些。"

威一郎这么一说，女店员马上点头回答："这边都是适合年轻人戴的，所以比较窄。"

原来是这么回事，威一郎突然想到了儿子哲也，但他马上往右边的柜台挪了几步。

这个柜台陈列的领带都是由外文标注的外国名牌，价格也很昂贵。

当威一郎拿起一条花色淡雅的偏蓝色领带时，女店员又告诉他：

"这是目前流行的 Earth color。"

"Earth color？"

"对，意思是关爱地球的颜色。"

难道说环保意识都已经波及领带的图案和颜色了吗？威一郎将它放在胸前比了一下，女店员马上给他拿来镜子。

"这条很适合您戴啊。"

威一郎听后，不由自主地看了一下标签，一万八千元。他原本就没打算买，况且现在每个月自己只有五万元的零花钱，就更不可能买了。

"是吗？"

威一郎含糊其词地回答后，又移动到旁边的柜台去了，女店员没有说话，目光一直追随着他。

这样只看不买，想必她也猜得出他没有买的意思。

以前他在别的商场买领带时，也看到过六十岁左右的男人不停地向女店员问问题的，而对方也心知肚明，只是点头应付着，似乎也无可奈何。

如此看来，自己也差不多该走了。

“好，我回头再来吧。”

威一郎这么一说，女店员沉稳地轻轻地点了点头，鞠了一躬。

她是从一开始就看出自己是不买东西的顾客，还是后来发觉的呢？

威一郎觉得自己像是做了什么难堪的事似的，灰溜溜地离开领带柜台，走上了下行的扶梯。

现在去哪儿呢？他看看手表，刚过十一点。威一郎坐在扶梯旁的椅子上，又开始琢磨起来。

现在可以去的地方只有图书馆或者多特伦咖啡屋，在这两个地方待多长时间都不会被人家轰出来。

可是他不想喝咖啡，而且咖啡屋里的椅子又小又硬，坐着也不舒服。

相比之下，还是去图书馆比较合适。

不过一大早，自己就为了去哪儿消磨时间而煞费苦心，也太惨了点儿吧。

在公司上班的时候，他做梦也想不到自己会有这么一天。

那时候他每天都忙于工作，一直期盼着能够抛开工作，好好放松一下，哪怕一天也好。他梦想着有朝一日，可以优哉游哉地歇上一天，那该有多幸福啊。

谁料想，一退休，闲暇就如同噩梦一般压在了自己身上。

得好好思考一下怎么享受这些闲暇才行啊，威一郎把皮包放在腿上思索着。

终于有了闲暇，还是学点儿新东西比较好吧？比如说，学生时代选修的，却一直没有机会用上的法语；或者通读一遍因自己负责公司广告的关系，从出版社得到的一套作品集。

但是，做这些事情只能加深兴趣爱好，并没有什么实用价值可言。

还不如像妻子那样选些瑜伽、游泳之类的课程呢。不但对身体有好处，还能保持年轻。

但转念一想，自己又没有工作，锻炼身体也没有用武之地啊。

“其实也不用太着急嘛。”威一郎一边对自己说，一边把腿上的包挎到肩上，慢慢站了起来。

看来现在可以消磨时间的地方只有图书馆了。

以前，自己一直去世田谷和涩谷的图书馆看书，从这里去涩谷的图书馆要近得多。

威一郎走出商场，返回车站，坐山手线在原宿下车，从竹下口出来。图书馆位于左边的东乡神社前面。

图书馆可以随便进出，但如果想借书，就得办理借书证，办证时需要身份证件。

威一郎先从一楼的前台走进了左边的阅览室。

阅览室里已经有几个人在看报纸和杂志了，几乎都是老年男性。

威一郎心想，他们不会也是没地方去，来这儿打发时间的吧？

威一郎本打算在这里看看报纸，可是又不愿意被看作和他们一样，便继续往里面走，进了书库。

各种各样的书摆满了书架，他也没有特别想要看的书。虽说看书只是为了消磨时间，可也不能因此去借那些自己不感兴趣的书啊。

不用说，现在他一点儿也不想看和公司业务有关系的广告类书籍了。

不如看看有关老年人生活方式和养生类的读物吧。他这么想着在书架上寻找时，一本《年代论》进入了他的视线。

说起来，威一郎属于被称作“团块一代”这个年龄段的人。

他立刻借了这本书，在阅览室最里面靠窗户的座位上坐了下来。

这里依旧是老年男性居多。坐在他斜对面的一位五十多岁的女性，正翻看着一本厚厚的书，好像在查阅什么。其他的男性虽然在看书，但只是在浏览，不像在认真看。

威一郎在长方形条桌的最边上坐下，打开了书。

目录上是按照“战前”“战中”“战后”来划分的。在“越平联”[1]“全共斗”[2]等字眼后面，出现了“团块一代”的小标题。

翻到那页一看，里面介绍了“团块一代”的由来以及这一代人的特征。

---

1 “为了越南和平！市民联合”的简称。1965年—1974年，以结束越南战争为目的而结成的组织。

2 “全国共斗会议”的简称。1968年—1969年的大学生运动时结成的左翼以及无党派学生组织。

“战后，出生人口从昭和22年（1947年）以后，连续六年每年都超过二百万人，其中出生率最高的昭和22年—24年出生的人，被称为‘团块一代’。”

“平成19年，这些人是58—60岁，共有将近700万人，占总人口的5%以上。”

下面还写了这一代人所受到的生活压力。

“他们就职于经济高速发展的后期，紧接着遭遇了石油危机和物价飞涨，由于同时期进公司的人数多，竞争异常激烈。但随着日本经济的发展，作为企业斗士，他们大多过着衣食无忧的生活。四十岁前后的盛年时期，又经历了所谓的泡沫经济。泡沫破裂后，成了企业裁员的目标。而到了五十岁时，又要应对正规化了的职场IT化。”

写得真对呀，就是这么回事。威一郎继续看下去。

“他们小学、中学、高中就读于拥挤的临时教室。辛苦地通过了残酷的高考地狱，进入大学后，又在大学里经历了学生运动。在高速发展期后的物质丰富的时代结婚（恋爱结婚人数增加、专职主妇普遍化）。组建家庭时期引领消费，造成了3C[1]等耐用消费需求（新式家庭）。因泡沫前

1　流行语。20世纪60年代日本三大件，汽车（car）、空调（cooler）、彩电（colour television）的词头。

后购买私人住房，泡沫破裂后遭遇还贷的沉重压力，并且为支付子女高额教育费而奔忙。”

看到这里，威一郎使劲点着头：“真是一点儿不假。”

上述内容与他经历的事情完全相符，让他深有同感。但转念一想：“那么，现在又怎么样了呢？”

拼死拼活干到现在，得到的仅仅是退休这个现实罢了。

“我该怎样度过今后的日子呢？这不是更需要面对的难题吗？”

威一郎沉思起来。无意间扭头往旁边一看，一个男人正伏在桌上睡觉，刚才就看他百无聊赖的样子。在男人头的上方，刚好挂着一块“请不要在看书时睡觉”的提示牌。

大概那个男人也是退了休，无处可去，感到特别孤独吧，每天也是独自一个人四处闲逛吧。

一瞬间，威一郎脑海里浮现出了“孤舟”这个词，随后，又埋下头继续看起书来。

chapter 02

/

自 尊

“我回来了。”随着一阵开门声，传来了妻子的声音。

威一郎仍旧躺在自己房间的床上。四周已经一片昏暗，他看了看表，已经六点半了。

她这么晚才回来，干什么去了？他本来想去客厅和她打声招呼，临时又改了主意，等着妻子来房间里对他说“我回来了”。

几分钟过去了，妻子并没有出现。

这么晚才回家，晚饭也不准备，现在她大概正琢磨怎么跟自己解释吧。

威一郎关了电视，走进客厅，看见桌子上放着妻子的茶色坤包，她正在客厅前面的露台边上，把晾晒的衣服放进洗衣筐里。

“怎么这么晚才回来？”

威一郎嘟囔了一句，妻子并没有回应。

他错失了发牢骚的好机会，正当他朝妻子走过去时，她早已逃跑似的站了起来，进入了她自己的房间。

“连句话都懒得说吗？”他按捺着火气，没把话说出来，从冰箱里拿出一听啤酒，打开喝了起来。

威一郎坐在沙发上喝啤酒时，妻子脱下身上的天蓝色连衣裙，换上了家居服，边系着围裙边走了进来。

“喂……”

威一郎叫了一声，妻子仍然没有回应，径直去了厨房，然后背对着他说：

“我说，你也真是的，外面下雨了，晾晒的衣服就不能帮着收进来吗？”

“下雨啦？”威一郎这才知道下雨了。

“晾的衣服都淋湿了，还得重新洗，又费电，多不划算呀。不只是费一回手的事。”

洋子一边打开冰箱，一边说着，满肚子怨气还没有撒完似的。

要是这么说，他还有气呢。

“我的饭什么时候好呀？”

“知道了，知道了。”妻子立刻不耐烦地回答。

“你不是说傍晚之前回来吗？”

妻子没吭声，背朝着他飞快地切着什么。瞧着她这副冷面孔，他感觉肚子更饿了。

“三点下课之后，你和谁在一起呀？”

“还能和谁啊，当然是和松崎太太、江口太太在一起啦。”

妻子出门时，说是和这两位一起去上水彩画班，这个他知道，那么是什么原因让她把老公的晚饭给忘了呢？

“后来去哪儿了？怎么这么晚才回来呀？”

突然，洋子停下了切菜的手，吸了一口气，依然背对他说道：

“松崎太太说想去参观北海道物产展览。正好顺路，我总不能半途自己一个人回家吧。”

“晚回来也就算了，总该往家里打个电话吧。”

“有呀，我给你的手机发短信了，说我晚一点儿回家。”

由于最近基本上没有人给威一郎的手机发短信，所以这会儿他的手机正躺在抽屉里呢。

“你不知道我的手机关机了吗？”

“可是，在商场里，当着别人的面，怎么好意思给你打电话呀。”

近来，无论威一郎说什么，洋子都不以为意，还总是强词夺理。

总而言之，他从妻子身上找不到一丝可爱的地方了。

威一郎把喝空的啤酒罐捏瘪，扔下一句“赶紧做饭吧”，就回自己房间去了。

“简直是无法无天！”

威一郎气呼呼地自言自语着，忽然看见了刚才自己的床上放着的那本《欧洲古城之旅》。

刚才，他正一边看着这本书，一边谋划着和妻子去旅行的事呢，可现在这份好心情早已飞到九霄云外去了。

“吃饭了。”听见洋子的喊声，威一郎一看表，已经八点了。

这顿晚饭比平时晚了一个小时。

他还没换衣服，穿着T恤和灰色的西裤来到饭厅，看见餐桌上摆着烤加吉鱼干和豆腐大葱酱汤、腌白菜。

威一郎坐下来，拿起筷子后，对着在厨房里忙活的洋子的后背说：

“怎么又是大葱和豆腐啊？偶尔换换样不好吗？”

不等他说完，洋子就反驳道：

“大葱是三岛那边给我们寄来的，人家特意寄来的，不吃多浪费呀！”

威一郎的弟弟在静冈的三岛，种植专供城里人吃的蔬菜。不吃掉自然是浪费，可妻子张口闭口就是年金[1]生活，一副埋怨老公的腔调，听着就让他别扭。如今家里可是靠威一郎的企业年金生活的，自己不应该被她这样数落。

“你每个月买的补品该怎么说呢？那也是用年金买的呀，不算奢侈品吗？”

“那些东西对健康有益，所以才喝的呀！是为了保养身体的生活必需品。”

你说她一句，她就顶你一句，简直可恨透顶。

“什么健康健康的，你吃的不都属于减肥食品吗？与其花钱吃那些玩意儿，还不如活动自己的腿，多运动更有益于健康呢！”

“所以我才打扫卫生啦，出门买东西啦，什么都干呀，主妇的工作就是运动身体。其实我也想去游游泳，或做做美体减肥，考虑到靠年金生活才忍住没去的。朋友说，最近我的体重增加就是精神压力太大的原因。”

“什么精神压力？”

威一郎问，妻子直接坐在他的面前：

“难道不是吗？你退休以后，每天都要给你做三顿饭，少做一

1 在一定时期或终身支付给一定数额的养老金。年金生活，即靠养老金生活。

次，都会挨你训，就像今天晚上这样。其实，今天只不过晚了一会儿，你就这么不依不饶的，你又不是小孩子了。”

“你说什么？”

威一郎不由得放下筷子，提高了嗓门：

“你说我是小孩子……丈夫担心妻子什么时候回家不是理所当然的吗？晚饭比平时晚了两个小时呢。”

“你又不用上班，干吗还那么准时吃饭哪。要是想早吃的话，自己做着吃不行吗？”

“你让我自己做饭？”

“方便面之类的很好做呀。偶尔一顿饭，随便吃点儿怕什么。”

在洋子锐利的目光逼视下，威一郎不禁有些心虚，妻子仿佛看出来了似的，更加得寸进尺地说：

“趁着现在，我把话跟你说明白了吧。在别人家，妻子晚上都可以随意出门看戏，或出去吃饭。我也这么大年纪了，请你稍微给我一些人身自由，可以吗？”

威一郎忍不住将筷子往桌上“啪”地一放，抱起胳膊说道：

“也不能就让我忍耐吧。我可没听说过，谁家主妇晚上让丈夫看家，自己跑出去玩的。”

“哟，我可不记得我让你看过家呀。你到哪儿去玩，我一向不过问，你也可以随便出去玩啊。”

胡说什么呢，在这个矫情的老婆面前简直没办法吃饭。

“够了，我明白了。那我现在就出去喝酒，给我钱。”

虽说自己不是没有钱，但是现在绝对要让老婆掏钱。

他伸出手，妻子若无其事地站起来，从餐桌旁边的碗橱抽屉里拿出了钱包。

“要多少？”

“一万块就行。”

“要一万块？”

怎么那么多废话呀，威一郎心里嘀咕着，狠狠地瞪着妻子。

“车站附近不是有家便宜的小居酒屋吗？总是像以前那样大手大脚可不行。”

“别啰唆，快点儿拿钱。”

“等一下。这个月你的高尔夫花销超出了预算，所以现在只能给你这些。”

洋子从钱包里掏出一张五千元的票子放在桌上。威一郎一把抓起来，气哼哼地说道：

“你总是说年金生活、年金生活的……现在这样的生活，我退休之前你不就知道吗？脑子灵活点儿好不好啊。”

“这正是我想说的。你根本不想改变一下自己，还像在公司的时候那么霸道，对家里人像使唤用人似的……”

话说到这个程度，威一郎也禁不住牢骚起来：

“原来是这么回事啊。那个时候老公收入高，所以你能够忍耐。现在老公不能拿钱回来，就想要反抗了，是吧？”

“我可没这么说。”妻子停顿了一下，“我的意思是，你都不用工作了，也可以偶尔做做饭、把晾晒的衣服拿进来，帮我干点儿活儿呀。”

妻子似乎也觉得自己说得有点儿过头了，威一郎可不想放过这个敲打她的机会。

“你打算指挥我吗？”

“没这个打算，我是在请求你呀。”

“如果是请求的话，应该说话客气一点儿吧。”

“行了，不用说了。”

洋子猛然站起来，厌烦地说道，并收拾起威一郎吃了一半的餐具来。

在沉闷的气氛中，威一郎把五千元塞进口袋里，朝门口走去。

在玄关穿鞋时，妻子也没有来送送他的意思。

“哼，随你的便。”

威一郎朝屋里咂了一声嘴，使劲关上了房门。

外面下着小雨。他想回去拿雨伞，看看雨不是很大，就作罢了。

与其回去看妻子的脸色，他宁愿被雨淋湿。

他缩着肩头朝车站方向走去。

现在去哪儿呢？虽然嘴上说要去喝一杯，但他并没有想好去哪儿。

车站后面好像有个小居酒屋，可是他不想去那儿。本来他就不习惯那样的地方，要是遇见同一个公寓里的人也有失身份。

威一郎想了想，决定去隔两站地的新樱町。

记得曾经在那一站下车时，看见站前有成排的店面。

不一会儿，他就到了车站。一看表，九点多一点儿。

站在人影稀疏的站台里，威一郎又想起刚刚离开家的情形。

“你也可以随便出去玩啊。”说这句话时，洋子那冷淡的表情一闪而过。

“哼，有什么了不起的！”

威一郎知道妻子是个要强的女人，可把话说得这么露骨还是头一次。

听她的意思是已经不再需要我了吗？自从退休以来，夫妻俩就没有好好说过话，变成了一见面就拌嘴的冤家。

他微微低下头看着站台上那条黄线，想着心事。这时，电车进站了。

这么晚了，开往市中心方向的电车上几乎没有什么人。

尽管有空座，威一郎还是抓住吊环站着，在第二站新樱町下了车。

他慢腾腾地走上阶梯，从地下的站台走出车站。面前的马路上灯火通明。

一瞬间他想起曾经和妻子，在天刚黑的时候，从这里穿过街道，一起去看樱花。

新樱町，正如其名一样，幽静的住宅街四周环绕着樱花街树。那已经是二十多年以前的事了，还是他们刚搬到这个公寓来的时候。

忘了是谁提议的，两个人沿着傍晚的樱花街道走着，那时候妻子紧紧地依偎着他，非常依赖他，显得非常可爱。

可是现在……这么一想，他缓缓地摇了摇头。

已经过去的事了，想也没有用。现在要紧的是赶紧找个地方把刚才要吃的饭补上，肚子饿得直叫唤呢。

威一郎环视了一圈，走进了左手边的意大利菜馆。

店面不算太大，呈L形，约有二十张桌子。只有两对年轻男女面对面坐着就餐。

这个时间，客人少也很正常。

看了菜单，威一郎点了一份意大利蛤蜊面和五百元一杯的干白葡萄酒。店里流淌着很有节奏的乐曲，威一郎不知道是什么曲子。

这个时间，自己居然在这种地方喝着廉价的葡萄酒……

在公司的时候，招待客户或商谈几乎都是去银座或赤坂一带的高档餐厅，葡萄酒也只喝最贵的那种。

而现在，自己却独自一人喝着这样一杯廉价的葡萄酒。

“这都得怪洋子……”想到这儿，威一郎摇着头，“不对，就是因为自己退了休的关系……”

因为自己到了退休的年龄，变成了没有职业的人。

如果自己还没有退休的话，不对，应该说如果自己还想再干一段时间的话，也是不成问题的。

那个时候，自己其实并不是非得退休的。

威一郎的脑海里慢慢地浮现出当时的情景。

离他退休还差两年的四月初的一天所发生的事，至今让他无法忘怀。

在每年六月底召开的董事会上，公司都会讨论高管人选的安排，而将相关意向事先告知本人，则是在四月。

威一郎任出版营业部长后，五十二岁时出任了执行董事。即便是在拥有众多精英的“东亚广电”里，他也称得上是出类拔萃的了。这一点，就连不是本公司的人也都这么认为。

三年后，威一郎被任命为常务执行董事，隔了一年又升格为首席常务执行董事，而当他临近六十岁的时候，公司也会对他以后的职务有所安排。

公司究竟是怎么考虑的呢？他已经到了现在这个职务，按理说应该升格为总公司董事，即便从总公司调出来，也会被派往相应的分公司任职吧。

当然，决定权在总经理那里，不过从他迄今为止的业绩来看，总体来说算是比较好的。唯一让他担忧的是，自己不属于总经理那一派。

一想到这个，他就觉得自己留在总公司的希望不大，那么会去哪个分公司呢？不管怎么说，自己辛辛苦苦奋斗了这么多年，人脉应该不会脆弱到这个地步吧？

虽说如此，执行董事的前途并非完全取决于总经理的一己之念，其心腹部下和人事部长等人的意见也是至关重要的。

那段时间，威一郎对公告的期待和不安微妙地纠结在一起。

当然，妻子洋子的意见是“只要身体没问题，还是继续工作的好”。威一郎自己也是这么想的。

后来就发生了临近董事会召开前两个月的那件事。

记得那天早晨，威一郎走出公寓时，看见绽放的樱花一大早便被风吹得七零八落的，不知为什么，他对这情景的印象格外深刻。

那天他像往常一样上班。十点多钟，在毫无预兆的情况下，常务董事井原突然来到威一郎的办公室。

秘书将井原请到接待室里，威一郎进去时，井原已经坐在了黑皮沙发上，并示意威一郎在他对面坐下。

“是这样，董事会也急于定下人选，关于你今后的职务安排一事……”

井原突然说起来，威一郎慌忙拦住他的话：

“专务，请稍等。”

其实，威一郎也不知道自己想说什么，只是想让自己稍微镇定一下。

“是有关职务安排的内示[1]吧？”他吸了口气问道。

井原淡然地点点头：“我是受总经理委托，来宣布内示的。”

威一郎不由得摇了摇头。

这么重大的人事变动，按说应该由总经理或副总经理跟他谈，现在却委托井原来谈，这是为什么呢？

一瞬间，威一郎脑子里闪过一种不祥的预感。

井原是总经理那派的得力干将之一，和威一郎同时期进入公司，曾经是自己升职的竞争对手。

威一郎任营业部长时，和井原共同参与过一个项目，开会时也会经常碰面。

可是，威一郎和这个人合不来，每次商量工作时，总觉得此人虽然精明能干却让人讨厌，是个善于阿谀逢迎、看上司脸色行事的人，对部下却颐指气使，要求严厉。

而且，井原尽管没有什么骄人的业绩，却超过威一郎，升到了专务。

总之，井原能够到现在这个位子，全凭他从一进公司就非常露骨地加入总经理一派。

“大谷常务，我可以说了吗？”

听井原这么问，威一郎又使劲吸了一口气，点了点头。

“总经理让我跟你谈的是，安排你代表本公司的大股东担任大

1 即正式任命之前的通知。

阪东亚的总经理一职，你觉得怎么样？”

“大阪东亚？”

尽管努力克制着声调，但威一郎知道自己脸上已渐渐没有了血色。

这可不行。为了不让对方注意到自己愠怒的脸色，他尽可能地装得很冷静地问道：

“是让我去大阪吗……”

他不禁改成了对同事说话的口吻，对方也改换了语气。

“可以这么说吧。不过，这个公司对我们来说是很重要的，所以，估计你不会拒绝的……”

“简直是胡说八道……”威一郎差点儿没喊出来，他强压着怒火，抱起了胳膊。

大阪东亚的确是东亚广电的分公司，但规模比在东京的所有分公司都小。虽说以前也曾派领导去过那边，不过，充其量只是部长级别的。

自己已经当上了首席常务执行董事，为什么要被发配到那样的地方去呢？

“我想请教一下。”这回他又改回了郑重的语气，“这是总经理的意思吗？”

“是的。我是代表总经理来找你谈的。”

“这么说，这是对我以往的业绩做出评价之后的决定了？总经理是这么说的吗？”

“啊？那倒没有……”井原轻轻地摇了摇头，“我只是遵照总经理的指示，来向你传达……”

威一郎突然站了起来，内心产生了一股冲动，恨不得抓住井原的胸口质问他一通。

毫无疑问，当总经理就这次人事变动征求这家伙的意见时，他肯定说的是“估计让大谷去大阪，他不会拒绝的”。

帮助犹豫不决的总经理做决断的就是这个家伙，这次人事变动肯定就是这家伙使的坏。

作为总经理，他大概是觉得不好面对自己，才让井原代劳的吧。

“怎么样啊？去大阪那边自由自在的，我觉得还不错。”

“少跟我来这套。”

威一郎忍不住吼道。

再继续沉默下去，天知道这家伙会说出什么混账话呢，和这种人说什么都是白耽误工夫。

“你到底怎么打算的？”

“……”

“我该怎么给总经理回话呢？”

被他这么追问着，威一郎愈加焦躁起来。即便自己觉得多么伤心、不满或无法原谅，这也是关于自己的正式人事安排。

“请让我考虑一下，明天答复。就这么回话吧。”

“知道了。”

井原点点头站起来，头也不回地走出了房间。

从那儿以后，已经过去快三年半了。

那时候威一郎如果克制一下，去大阪的话，还可以工作很长一段时间。

可是，思考一天后，威一郎断然拒绝了去大阪的安排。

虽说是总经理的职位，可是去当大阪那种级别的分公司的总经理，实在是一种屈辱。

再说，自己怎么可能乖乖地听从井原的指挥，去大阪赴任呢？这就好比被打败的狗还得摇尾乞怜，去吃嗟来之食一样。

不过，那次的人事安排也太过分了。威一郎跟其他董事一说，大家都大为吃惊。尤其是比他晚一期的村濑说：“还不是因为大谷太优秀了呀！”

据村濑说，现在的总经理虽然脑子还算灵活，但个子矮小，其貌不扬，而威一郎一米七几的个头，外表也很出众。

估计是这一点让总经理感到自卑，所以才想把他发配出去的。

“你看，井原专务不也是矮子吗？”

难道说这样的原因居然能左右公司的人事变动吗？威一郎简直哭笑不得，不过想一想，似乎也不是一点儿道理也没有。

不管怎么说，在那帮鼠肚鸡肠的家伙手底下工作，他是绝对不会同意的。就算再落魄，他也不愿意卑躬屈膝到那个地步。

当然，就是否去大阪一事，威一郎也跟妻子念叨过，妻子只是淡淡地说：“你想怎么样就怎么样吧。”

想必妻子没有可以遵循的判断标准。

就这样，威一郎谢绝了内示，以首席常务执行董事的身份，到六十岁就退休了。

对于由井原那种人操控的公司，威一郎已然毫不留恋了。这是何等干脆利落、何等痛快淋漓的退休啊！临走那天，威一郎回头望着公司，小声骂了一句：“浑蛋！”

至少到那时为止，威一郎对自己做出的决定没有丝毫的怀疑和不安。

万万没想到的是，一旦真的退了休，情况就完全不同了，随之而来的只剩下没了工作后的空虚和寂寞。

以前，威一郎一直想要好好享受退休以后的大量自由时间，一厢情愿地梦想并坚信着充实生活的来临。

现实却与自己的想象差之千里。随着日子一天天过去，不安和焦躁也与日俱增。

而最让威一郎意想不到的，就是和妻子关系的恶化。

他一直以为妻子特别盼望自己退休呢。过去自己只知道埋头工作，很少有时间陪伴家人，现在妻子可以安心了，他们可以修复日渐疏远的夫妻关系了。

谁料，退休后威一郎才发现，妻子的生活已经发生了巨大的变化。

以往，丈夫都是早早出门，深夜才回家，她早已习惯了所谓“老公不在家”的状态。因此，现在老公整天待在家里，反而使她感到不安与不习惯，甚至于渐渐焦躁不安起来。

今天晚上吵架正是源于这一点。

早知这样，还不如不退休呢。接受董事会的内示，一个人去大阪赴任的话，这会儿自己正过着随心所欲的神仙般的日子呢，而妻子也可以继续享受原来的生活。

这一切都被自己乖戾的自尊心给葬送了……

“算了，别再想了。”

威一郎对自己说道，喝起了葡萄酒。

右边靠里面那桌的一对男女站起来，走出餐厅，路过威一郎的桌子时，瞅了他一眼。

大概他们在猜测，这个时间，一个人在这里喝葡萄酒的大叔是个什么人呢？他们是觉得很奇怪呢，还是看出了他很寂寞呢？

“开什么玩笑，想当年，我也是……”想到这儿，他不由得抱住了自己的脑袋。

事到如今，说这些有什么用。过去的事情已经过去了，无法挽回。

他一口喝干杯里的葡萄酒，看了下表，已经十点了。

虽然跟妻子要的五千元还有剩余，可想想还是该回家了。

估计妻子也会有所反省，热情地迎接自己回家吧。

威一郎站起来，结了账，共两千三百二十元。他接过找的零钱，装进钱夹里，把钱夹塞进挎包，走出店门。外面还在下着毛毛雨。

威一郎迎着蒙蒙细雨，朝车站方向走去，忽然发觉自己变得那样寒酸。

chapter 03
/
秋思

黎明时分，威一郎醒来去了趟卫生间，接着又睡了一觉，再次醒来的时候，已经七点多了。

“不好……”他刚一坐起来，马上意识到已经不用去公司了。

退休已一年半了，可是，每天早上还是摆脱不了被时间追赶的噩梦。

“真是差劲……”

威一郎苦笑着，拿起枕边的遥控器，打开电视。

每个台都是晨间新闻，没有威一郎特别想看的节目，等眼前的画面一进入广告时段，他就换台，这样一个台接着一个台不停地换下去。

从昨天晚上到现在，除了市内发生了一起火灾，还有大阪那边一个女中学生失踪的报道外，没有其他重要的新闻。

床头柜上的表针指向八点钟时，威一郎起床了。他脱下睡衣，换上裤子和衬衫，去了卫生间。

以前，每天早晨他都要刮胡子，现在已经没有这个必要了。他先刷完牙，然后简单洗了脸，就来到饭厅，见妻子正背对着他站在厨房里。

于是，威一郎翻开餐桌上的晨报看起来。别说早饭，连杯茶都没有给他预备。

“喂，干什么呢？”

他叫了妻子一声，往厨房里一瞧，看见她正蹲在水槽旁边给小太郎刷毛呢。

这条比格犬今年五岁了，正舒舒服服地享受着妻子的照料。

“这叫什么事……”

威一郎一般都是八点吃早饭，现在已经八点半了。

“饭还没做好吗？”

妻子立刻冷淡地回答：

“等一下好不好……”

没有必要非得这会儿忙着给狗刷毛啊，这不是摆明了表示狗比老公重要吗？

没办法，威一郎站起来，自己从冰箱里拿出乌龙茶，倒了一杯。

他一边喝茶一边看报纸的时候，妻子终于出现了，并且开始往餐桌上摆早餐。

绿菜汁和烤面包片、火腿蛋和咖啡，反正每天都是这一套。

早餐简单至极，但威一郎已经渐渐习惯了，并没有觉得特别不满意，只是有点儿苦味的绿菜汁一直喝不惯。

“我还是想喝蔬菜汁。”他刚这么一说，妻子就回嘴道：“这个东西有营养。”丝毫不肯让步。

这半年来，妻子似乎很满意这种绿菜汁，有时候一次喝两三杯，自以为因此就健康了。

“还是多运动吧。”看着妻子开始发福的腰身，威一郎只能心里这么想想，要是说出来，恐怕又得遭到一顿辩白。

独自一人快要吃完早饭的时候，小太郎凑过来低声叫唤着。他假装没听见，继续看报纸。

威一郎还是像以往那样先看政治版面，然后是社会版面、股票版面。

已经退休了，按说用不着太关心“东亚广电”的股票，可他还是上心得很。

突然，威一郎“哟”了一声，死盯着这只股票看。

从昨天开始，受纽约股市暴跌的影响，日本股市也下跌了，而“东亚广电”的股票比前一天下跌一百二十日元。

“好啊……”

威一郎兴奋得连连点头。

最近一段日子，广告行业因受网络等波及，不太景气，这回尤其跌得厉害。

按常理，自己曾经工作过的公司股票下跌，应该觉得不快，实则不然。非但如此，最近只要公司的股票一下跌，威一郎就有种幸灾乐祸的感觉。

当然，从拿企业年金的角度来说，下跌得太厉害的话，也令人不安，但只要没跌到破产的程度，倒是件令人高兴的事。

“跟我没什么关系。”

说实话，他对于抛弃自己这样优秀人才的井原一伙，不能说不抱有看热闹的心态。

“让他们越头疼越好。”

他自言自语着，继续往下看报纸的时候，只听妻子对狗叨咕着：

“对了对了，你该出去玩儿了，让爸爸带你去吧。”

我什么时候答应带它去散步啦？他克制着自己，没有把这话说出来，继续喝着咖啡。小太郎似乎听懂了，用脑袋蹭着威一郎的脚。

在威一郎退休之前，他和小太郎几乎没有什么瓜葛。

由于每天早出晚归，威一郎从来没有喂过它，也没有带它出去过。虽然节假日有时间，可威一郎也几乎没有照顾过它，更别说带它出去散步了。

当然，小太郎也不怎么喜欢威一郎，尽管他在这个家里一向很有威严的，可它还是觉得这个人跟自己没有任何关系。

自从退休以后，威一郎经常带它出去散步，它才渐渐喜欢上威一郎。

不用说，这也是在妻子的要求之下不得已而为之的。

“你现在有时间了，偶尔也带小太郎出去走走吧。”

威一郎听了，十分不乐意，“难道我是狗的跟班吗？”可又架不住妻子三番五次地唠叨，没办法，只好去遛狗。

开始的时候，威一郎只要一拿起牵狗的绳子，小太郎就显得很不信任似的抬头瞧着他，开始向后退。

它的眼神似乎在问：“你行吗？”

只有妻子对它说“小太郎，去吧”，它才跟他出来。到了外面，仍然担心地回头看着威一郎。

“没事的，乖乖地跟我走吧。”

虽经鼓励一番，但它还是心神不定的，不停地抬起后腿撒尿。不过，已经能带它出来散步一个多小时了。

从那儿以后，已记不清出去多少次了。

我又不是狗的保镖。虽然他这么想，可是妻子一说“帮个忙吧”，只要没有其他的事情，他就没有理由拒绝。

就这样持续了下来。现在小太郎已经习惯了他，有时候会在威一郎的房间外面叫唤，要他带它出去。

一听见它叫唤，威一郎就不能再坐下去了，况且散步对于不再去上班的威一郎来说，也是个不错的运动。

不过，刚开始的时候，他感觉一大早就带着狗出去遛弯，就像是个丢了工作的悲惨的老爷爷，特别不习惯，而且还担心会遇见过去工作时认识的人。

遛狗的次数多了，这些担心便渐渐消失了，他也体会到了和小太郎一起呼吸清新的户外空气的乐趣。

而且，如果同一时间去同一地点的话，还会遇见许多出来遛狗的人，因此也认识了不少人。

这些人会问他“是比格犬吧”“是男孩子还是女孩子啊”等等，“啊，是啊。”他听了只知道点头。

但是，随着他对别人家狗的了解的增多，也能聊上几句了。

虽说威一郎从不主动跟人家搭话，最多问候个三言两语，却因此得到了某种安慰，心情平静了许多。

他慢慢知道了，遛狗的人之间，并不用特意地自我介绍，大家都是通过自己带着的狗去认识对方的。所以，威一郎被他们叫作“比格叔叔”或“小太郎家大叔”。

也就是说，重要的是狗而不是狗的主人，对此他倒是觉得不必计较。

总之，今天早上看到自己工作过的公司股票大跌，让他的心情很好。

“好吧，我们出去喽。”

他对小太郎招呼道，带它走出了家门。

上午河滩上一般没什么人，快到中午的时候，带着孩子和遛狗的主妇便会多起来。

威一郎被小太郎牵着走到河边，沿着河岸往上游走。

途中，不时从草丛中飞出小鸟或飞虫，每次小太郎都会张牙舞爪地追赶一会儿，被它带动着，威一郎也加快了脚步，很是锻炼身体。

这样一直走到一片草坪运动场，就该往回走了。威一郎一停下，小太郎也只好站住。

到了这里，远远地能看见下游那边的新二子桥，以及再往那边的田园都市线的铁道桥。铁道桥上面的电车不停地来回穿梭着。

过去，自己大清早乘坐那些电车去上班时，根本没有注意到这儿有一片河滩地，还有这么多人遛狗。

威一郎为自己现在的变化惊讶不已，他对小太郎说：

“走，我们回家吧。”

小太郎仿佛听懂了，乖乖地跟着威一郎往回走。

在别人眼里，他可能是个一大早就悠闲地牵着狗散步的幸福老人，也许还是个喜欢养狗的大叔呢。

其实，他不过是没有地方可去，闲得无聊而被妻子轰出来遛狗而已。

不对，这么想也太过分了。应该这么想，自己是一个在秋高气爽的日子和小狗嬉戏的壮年男子。威一郎对自己这么嘀咕着，慢慢地朝河滩下游走去。

不一会儿，前方出现了一片灌木丛。

传说，从前新田义兴的军队正从矢口的渡口横渡多摩川的时候，受到敌人的袭击。和主公一起丧命的由良兵库助[1]的尸体被冲到了这里，由此此地得名“兵库岛公园”，成为多摩川八景之一。

小太郎自行沿着通向那个小山丘顶上的石阶跑上去，一直跑到紫藤架下面才停下来，回头看着威一郎。

“你想在这儿休息吗？”它仿佛看出了主人的心思。

在它的催促下，威一郎坐下来，伸了个小小的懒腰，揉着自己的膝盖。

四周还有三条长椅，其中一条椅子上仰面朝天躺着一个男人，还有一条椅子上坐着一个弓着背的满头白发的男人。

他们俩大概都无处可去才到这儿来的吧。

他正想着，小太郎突然跑起来，被它拽着，威一郎也站了起来，只见右边树丛里有一只野猫飞快地跑开了。

那是一只浅褐色的小猫，他叫住还想去追赶的小太郎，又在椅子上坐下。

1　日本南北朝时期（1336—1392）南朝重要武将新田义兴的家臣，1358 年与新田义兴一起被杀。

他想起来了，听说这一带经常有被人遗弃的野狗野猫出没。也许是因为这一带经常有喜欢动物的人来散步，希望被他们捡回去吧。

不仅如此，前几天偶然听人说，除了猫狗以外，这里也是老头儿被遗弃的地方。

现在待在长椅子上的这两个老人就很像，而自己也……他刚这么一想，马上摇头予以否定。

“我是谁呀，根本不可能的。”

威一郎不由得挺直了后背，抬头仰望天空。

他望着天空中飘动的淡淡白云，突然听见了小孩子叽叽喳喳的声音，一群穿着花花绿绿衣服的小朋友沿着石阶上山来了。

从跟在孩子们后面、围着围裙的阿姨来看，可以知道他们是附近幼儿园的孩子们。等所有的孩子都上来以后，阿姨对他们说了一些注意事项，他们便开始自由活动了。

大多数孩子都在长椅对面玩耍，有两个男孩看见小太郎，便跑了过来。

“它叫什么名字？”

“小太郎。”他答道。于是两个孩子叫着“小太郎”，并伸出手去摸它。

小太郎一点儿也不认生，一个孩子摸它的脑袋，另一个孩子摸它的屁股，嘴里还说着“真滑溜”。

见两个孩子交替着摸小太郎，威一郎便说：“看样子它很喜欢你们啊。”

稍微大一点儿的孩子说：“我们是好朋友。”然后问另一个孩子：“是吧？”

“嗯。”那个孩子点点头，得意地挺起了小胸脯。

看样子才五六岁的孩子，居然知道“好朋友”这样的词，真是小大人。大概是刚学来的词，想用用吧。威一郎苦笑了一下。大一点儿的孩子突然问他：

“叔叔，你有好朋友吗？”

“什么……”

威一郎有些意外，想了想，一时想不出可以称作好朋友的人来。

这时候，传来了阿姨的喊声，两个孩子对他说了声“拜拜”就跑开了。

孩子们好像是结束了上午的散步，现在要回去了。

威一郎轻轻地点了点头，望着孩子们活蹦乱跳的背影，直到他们从高台上消失。

他认真想了一下孩子刚才的问题，自己好像没有什么可以称作“好朋友”的朋友。

不对，曾经有过的。高中的时候，以及上大学的时候，有过两三个这样的好朋友。好朋友越来越少是参加工作之后。不过，刚工作时，同时进公司的同事里面也有几个很要好的人。

但是，随着年龄的增长，以及工作的变化等等，和他们也都渐渐疏远了。到了四十岁以后，同期之间成了竞争对手，越是接近宝塔尖，竞争就越是激烈。

“还有像井原那种人……”

刚进公司时，威一郎也和井原一起喝过酒，进入不同的部门后，两人就迅速疏远了，不知从什么时候开始成了竞争对手。再后来，被井原使了个坏，自己迫不得已退了休。

当然，和井原的关系属于比较特殊的情况，即便不是这样，男人年龄越大朋友也就越少，显得越孤独。

即便偶尔有个朋友，也会因社会地位或经济实力不相等，交情也长不了。男人一过六十，交朋友就更不可能了。

可见男人是多么孤独的生物啊。

威一郎突然沉浸在凄然的情绪里，扭头朝一直坐在斜后方椅子上的白发男人望去。

他退休了，我也退休了，同样是无事可干，一大早就到这里来消磨时间。地位或境遇都一样，所以，自己和他也许可以成为好朋友。

“瞎琢磨什么呢……”

自己怎么会和那个人成为好朋友呢？威一郎结束了自己的胡思乱想，站起来：“走吧。”他对小太郎发出了指令，走下小山坡的台阶。

下午，威一郎坐在沙发上，拿起了那本《二子玉文化俱乐部》的杂志开始阅读。

这是一个星期前，女儿美佳拿给他的，是一本专门向住在多摩川地区的人介绍兴趣小组的杂志。

“爸爸也别总在家里待着，去参加参加兴趣小组怎么样？”女儿边说着边递给他这本杂志。可他心里思忖，我这么大年纪，还用得着你给我安排？就没有理会。

这会儿打开杂志一看，真是五花八门，各类兴趣小组一应俱全。

从芭蕾入门到瑜伽、太极拳、交际舞、弗拉明戈舞……什么都有。此外，还有英语会话、法语讲座，以及阅读《源氏物语》、诗歌朗诵会、俳句、短歌、川柳会等等。

其中，以插花、各种流派的茶道、和服穿着法、编织、刺绣、木雕，以及制作爱犬服装等面向女性的小组居多。

妻子参加的就是这里面的“轻松学水彩画”和“瑜伽”。

他当然不想参加和妻子一样的小组，不知道有没有自己喜欢的小组呢？

大致浏览了一下，能够引起他兴趣的有“法语讲座”“英语会话”“世界上的美术馆”“阅读《古事记》”等。

可是，翻开各小组的介绍一看，他又打了退堂鼓。

所有的小组好像都有几十人参加，和不熟悉的人坐在一个教室里，从头开始学习，令他无法忍受。自己是一流大学的毕业生，现在却和年轻人、主妇一起学习，太荒唐可笑了吧。这样的小组怎么能够平衡参差不齐的学习基础呢？

更让他泄气的是，纵然学好了法语或英语会话，或者看懂了《古事记》，也没有用武之地呀。只是学习，没有地方实际运用这些知识的话，只能以徒劳而告终。

威一郎轻轻叹了口气，不过转念一想，正因为自己总是考虑学了以后能不能发挥作用，才不想去上兴趣小组的。对于现在的自己来说，不应该考虑有没有用，重要的是有没有意思。

威一郎一边说服自己，一边自言自语道：“没错……”

在公司工作了三十八年，加上高中和大学，就是四十多年的时间，自己一直追求的仅仅是对自己有实际意义的事。说得明白一点儿，自己纯粹是为了在公司里的地位不断提升，得到周围人的仰视、赞美而学习、而努力的。

可是，退休之后，这些想法就该抛弃了。现在还追求什么地位和收入？顺其自然做自己喜欢做的事才是正理。

威一郎设法说服自己，喝光了杯子里的乌龙茶，然后又翻开杂志。

“我想参加的是什么小组呢？”

他在心里一边嘀咕，一边翻看着，有两个小组吸引了他的目光。

一个是“俳句”，另一个是“围棋”。

俳句是以前上高中的时候，语文老师给他启蒙的。老师名叫山下，当时是某个俳句杂志的同仁，看了威一郎作的三首俳句后，颇为赞赏。

“虽说你作的俳句还有些稚嫩，但率真这一点非常可取。”

以此为契机，他后来经常浏览报纸上和杂志上发表的俳句，渐渐地就喜欢上了。

当然，这并未促使他专门去学俳句或者加入某个俳句杂志。因为他一向认为，就算学了俳句对于事业也没有什么益处。

现在倒是可以悠然地学一学了。

围棋是上高中时学会的。最初是父亲教他入门的，不过，他后来居上，到了大学毕业的时候，已经超过了初段的父亲。

进公司以后，他也曾经和爱好围棋的同事下过，但并没有特意跟谁学过。他知道，如果认真下的话，自己会下得越来越好的。不过，和上司下的话，还是下得差一点儿比较好，从这个意义上说，二段上下足矣。

那个时候，围棋与其说是爱好，不如说是为了获得升迁的一种手段。

从今往后，还是更加本色一些，做自己想做的事比较好。

他这样劝告自己，然后看看表，已经下午三点了。

从现在到晚饭还有将近三个小时，可以利用这段时间，走到车站那边的“活动中心”瞧瞧吧。

他在衬衫外面套了件外衣，又返回客厅，见妻子正在打电话。

退休之后他才发现，妻子特别爱打电话，而且时间特别长。他觉得差不多该挂断电话了，她还没完没了地聊，又是点头又是笑，看着就烦。

他也提醒过她："你再这么打电话，电话费可不得了。"她却反唇相讥："怎么，我连这点儿自由都没有吗？"或者故意斗气："这么说，我可以不用打电话，直接去我那些朋友家了？"

从那儿以后，威一郎便不再管她了。看今天这样子，妻子一时半会儿还聊不完。

他没有叫她，正要出门，妻子察觉到了，挂断了电话，问："你去哪儿？"

"去车站那边的活动中心瞧瞧。"

"嗬，终于开窍了呀。你想学点儿什么呢？"

"还没想好，俳句或围棋吧。"

妻子听完轻轻皱皱眉头，肯定是觉得都够枯燥的。

还轮不到你对我的兴趣指手画脚，威一郎在心里嘟囔着。他背起挎包，走出家门。

俱乐部所在的二子玉会馆位于车站后面右边的小坡上。可是，二楼的前台没有人。

威一郎向出来接待他的女性一咨询，才知道一个月前报名已经截止，如果愿意中途加入的话，有的小组还有空额。

威一郎说了句"这次就算了"，便离开了会馆。可是，他没有什么要去的地方。

怎么办呢？这时候，他忽然想起站前大楼的最边上，有一家挂着“定石”招牌的围棋会所。

他早就想去那里看一看了，却一直没有勇气。

这回倒是个机会，干脆去看看吧。

威一郎又返回车站，循着那个招牌找到了大楼二层的围棋会所。推开门，只见里面有十多个人对着棋盘正在下围棋。

他看了一圈，几乎都是上了年纪的男性。

入口处有个接待前台，一位三十多岁的男人问他：“您想要入会吗？”

他了解了一下情况，对方说也可以不入会，但如果成为正式会员，随时都可以来，费用也有些折扣。

他说这次只想看一看。于是，对方递给他一张表格，内容包括姓名、住址、段位以及职业。

“您没有职业吗？当然这样填写也没关系。不过，可以的话，请填写一下您以前的工作，好吗？”

威一郎便在段位栏里填写了二段，并填写了以前的职业和职务。那个男人发出一声惊叹：“哟，您原来在东亚广电呀？”

也许这个男人曾经在广告业界工作过呢。在这里问人家恐怕不大合适，所以他没有说话。

对方说：“可以的话，现在有闲着的人，您愿意下一盘吗？入会的事现在定不下来，也没关系。”

威一郎往里面瞧了瞧，点了点头。男人把他请到了棋室里，介绍给大家：

“这位是大谷先生，考虑入会，段位二段，曾经担任东亚广电的董事。”

大家立刻都回头看他，威一郎慌忙低头致意：

“请多关照！”

“好的，请您和小池先生下一盘吧。”管理员指着坐在右边椅子上歇着的一个男人说道，“小池先生是五段，所以让您三个子，可以吗？”

威一郎坐在棋盘的右侧，与小池面对面。

此人七十多岁，身材消瘦，头发稀疏，给人感觉有些阴郁。

威一郎先放了三个子，轻轻向对方低了一下头，对方点点头，咳嗽了一声后说道：

“听说您是位很了不起的先生，不过围棋和这个可没有关系啊。”

不用他说也知道。威一郎没有说话，男人放了个白子。

就这样你一个我一个地下着，完全没有交谈。

从别的围棋桌不断传来“啊，完了”“嚯，还有这一手哪”的声音，而他们这里毫无声音。

男人不停地抽烟，烟雾都喷到了威一郎的脸上。

威一郎也抽烟，但没有什么瘾，所以觉得挺反感。而且，那个男人每吸一口烟，就露出一口黄牙，看着脏兮兮的。

不过，这个人的棋技太强了。他一边喷云吐雾，一边落子，每次都点到了威一郎的软肋，三十分钟时，右边的子都被他吃掉了。

威一郎又挣扎了一会儿，最终无法挽回败局，以“没子了”告负。

男人立刻咧开牙齿参差不齐的嘴，笑着说：“董事先生看来不行啊。”

人家现在又不是董事，再说公司里的地位和棋艺的高低有什么关系呢。

对这个男人说这些也是对牛弹琴。

威一郎轻轻鞠了个躬，站起身来，走到门口时，接待员问他：

“怎么样？”

“不行啊，输了。”

“再换一个人下吧，人多着呢。”

接待员显得挺抱歉地说。一边看着刚才填的表，一边轻轻低头说：“入会下次办理也可以，欢迎您再来。”

威一郎点点头，又回头看了一眼刚才下棋的那个人之后，走了出去。

他倒不是觉得围棋会馆里的氛围不好。虽说和刚才下棋的那个小池不太合得来，但其他人看样子都是很开朗沉稳的人。

可是，要自己和这些不熟悉的人融洽地一起下棋，似乎还需要一些时间。

“再说，最重要的是……”威一郎从大楼里走出来时心里直犯嘀咕，在那里无论怎样一心下棋，也没有什么用。在公司的时候，通过和上司或同事下棋可以拉近距离，可以以此为契机，使工作更加顺利。和胜负比起来，这方面的目的更是不能忽视。

然而现在，在那样的地方，和那样的人下棋也没有任何作用。和他们亲近，对今后的自己也不会有所帮助的。

“算了吧……”

威一郎自言自语着，朝家的方向走去。

chapter 04

/

夕阳

已经十一月了，怎么还这么热呢？也许是湿度高的关系吧，威一郎的腋下和胸脯都汗涔涔的。

“真热啊。”他忍不住说了出来，这才意识到自己还穿着灰色西装，系着领带呢。

他已经有一年没有穿得这么正式了。自从离开公司以后，他一直穿休闲装或毛衣，所以觉得特别不习惯。

临退休前的那段时间，考虑到自己是首席常务执行董事，所以威一郎几乎每天都穿着黑色的西服套装去公司上班。

这种单色西装如果买便宜货的话，立刻就能看出来，所以他买的都是高档货。可是退休后，便没有机会穿西装了，它们一直被挂在大衣柜里。

给瘦高瘦高的儿子吧，他肯定穿着不合身，可是又舍不得扔掉。

早知道，还不如买那种轻便休闲的衣服呢。每次看见它们，威一郎便后悔不已。

谁知，西服套装今天居然派上了用场。

今天早上，他破天荒地穿了身西装，是为了去参加某公司的面试。

这是威一郎偶然翻看报纸上的招聘启事栏才发现的——某写字楼的设备管理公司正在招收正式职员。

工作内容是管理业务，月薪二十万左右，社会保险齐备，奖金一年两次。

说实话，工资还不到他以前的十分之一；但是现在重要的不是挣钱多少，而是工作的内容。首先，这份工作可以坐在屋里办公，而且，最吸引威一郎的是，明文规定“六十五岁退休”“有退休者重新雇用的制度”，以及“欢迎中老年人”等等叫人心动的句子。

无论实际情况与广告上的宣传是否一致，这类公司还是比较适合自己这个年龄的。

威一郎虽然没有对洋子说过，但他一直在留心找工作。

可是，在人才派遣公司登了记，也一直没有音讯。查阅提供就职信息的杂志，也几乎找不到威一郎所期望的职业。他当然是以年收入最低工资标准登记的，结果还是一样。一过六十岁，就遭遇了年龄的障碍，自然和公司所需求的人才条件不吻合了。

威一郎要重新面对残酷的现实了，当然，也不是完全没有工作可干。也有一些对年龄没有要求的招工，但几乎都是停车场的警备员，或超市的保安，以及大楼的清洁工之类的工作。

迄今为止，自己将近四十年的人生都是在公司度过的，具有这方面的丰富经验，怎么可能干这种简单的体力活儿呢？

由于这个缘故，他一直没有找到合适的工作。这个写字楼管理职务还是相当理想的。这么一想，他便投了简历。对方让他去面试，他就去了。其实，他什么工作也不想做。

虽然工作内容还不太清楚，可那些面试考官已经让他受不了了。

当然，他们通过简历已经知道了威一郎过去的职业，对他说话还算尊重。但他们开口便问："您还想找工作吗？"这种表现得很惊讶的口吻听着就让人气馁。

虽然他还是点头回答"是的"，但又觉得自己特别悲惨可怜，无地自容。

更让他难堪的是，面试他的人大都在四十岁到五十岁，按以前在公司的职位来算，也就是主任或科长级别的人。只是想象一下自己要对这些年轻后辈鞠躬低头，被他们呼来喝去的，就让他打起退堂鼓了。

总而言之，与其干这样的低薪工作，还不如在家里享福呢。

要是总这么想，永远也找不到工作。尽管他也这样说服自己，但还是想放弃。换句话说，他觉得自己根本就不可能收到录取通知。

去面试的结果，必然是自己一大早起来，穿得整整齐齐出门去面试，在那些男人面前受一通奚落，白白折腾一趟回家了事。

当然，威一郎并没有把自己今天去面试的事告诉妻子。

早晨，妻子担忧地望着西装革履出门的丈夫，却没有问他"要去哪里呀"。

多亏了妻子对他漠不关心，所以即使失败，也不会被她奚落，不过他还是觉得很沮丧。

由于很久没有这样出门了，回到家里他觉得很疲惫，又不知道妻子在哪个房间里，只有小太郎跑来跟他亲昵。

威一郎冲着它点点头，打算等一等妻子，可是，因为不习惯穿西服，浑身汗涔涔的，他想先冲个澡。

于是，他在自己的房间里脱了西装，只穿着内衣去了浴室。脱光以后，打开喷头，水哗哗地喷洒下来，威一郎顿时感到浑身舒坦起来。

他拿起洗发水瓶往头发上倒，却怎么也倒不出来。

瓶子好像已经空了。

“喂——”

他喊了一声，没人应声。

刚才听见厨房里有动静，妻子应该在家的。

威一郎只好放弃了洗头，又喊了一声，但还是没有人答应。

“人到底在哪儿呢？”

没办法，他只得把浴巾缠在腰上，去了客厅，看见妻子正坐在沙发上看电视呢。

“嗨，我叫你没听见哪？”

他的声音里带着愠怒，妻子回过头来，没听明白似的问道：

“对不起，你说什么？”

“我的洗发水没有了。”

“是吗？抱歉！下次会记得买。”

“就这事啊？”妻子把快到嗓子眼的这句话咽了下去，扭头继续看她的电视。

“有那么好看吗？”

威一郎终于还是没有忍住，不屑地说道。妻子的眼睛都不离画面地说：“韩剧，很好看。”

有什么好看的！“喂——”威一郎又吼了一声，“给我杯水。”

“好，好，好。”

妻子的眼睛一边看着画面，一边费劲地站起来，动作显得很迟缓。

怎么就不能再利索一点儿呢？

一看她这样子，威一郎就很生气，用毛巾擦着胸脯上的汗。

他在餐桌前刚坐下，妻子就面无表情地把一杯加了冰块的水放在他的面前，然后又去接着看电视了。

看着她的侧脸，威一郎想起了以前还上班时的情景。

那个时候，妻子从来没有用这种态度对待过他。无论什么时候回家，她都会到门口迎接他，帮他脱下外衣，把裤子挂在衣架上，问他“要不要泡澡”，不用说，浴室里的洗发水瓶一次也没有空过。

现在，她变得这么迟钝，更确切地说是冷漠，到底是什么原因呢？

反正跟妻子在一个房间里待着，只能让他心烦。他回了一趟自己的房间，然后又去了浴室，穿上裤子和衬衫，再一次回到客厅，发现妻子还在看电视。画面上的两个女人正怒目相对，这种表演就是韩剧啊。

白天的时候，她经常看这种东西吗？他觉得简直不可思议，无奈地对着妻子的后背问道：

“邮件还没送来吗？”

“还没去拿呢……你能不能去拿一下？”

威一郎“啧”了一声，站了起来。

求这种女人，还不如自己去拿更方便呢。

他没有说话，穿上凉鞋，下到一楼，去邮箱取邮件。

他从写着“大谷”的邮箱里取出邮件，大致看了看。

刚退休的时候，他以为寄给自己的邮件会减少，现在看来变化倒不大，有时候甚至还有所增加。不过，基本上都是银行或证券公司寄来的劝说投资的邮递广告或者收费老人院的广告，等等。

今天也没有私人信件。一封是证券公司的，另外一个厚厚的大信封是老人院的广告，内容不用看也知道，千篇一律都是些“和您携手度过第二次人生……”“竭力为您打造晚年舒适安宁的生活……”之类吸引人眼球的口号。

既然是劝说，只要稍稍动点儿脑筋，就能够创造出令退休者心动的、有魅力的宣传词汇，遗憾的是……

毕竟在广告界闯荡了多年，威一郎一看到广告或宣传之类的东西，专业意识就会很快抬头。

“看来这个毛病，一辈子也改不掉啦。”

威一郎一边苦笑着，一边用手指弹了弹信封。

不过，让人钦佩的是，自己刚一退休，这些企业就迅速得到了信息，并且给自己寄来广告，这一点倒是无可挑剔。

“瞄着退休金下的鱼饵，我可不是那么容易咬钩的。”

他一边对着邮件嘀咕着，一边进了电梯。

威一郎一向认为把自己的钱交给别人去使用，就跟赌博差不多。

因此，他现在所持有的有价证券都是由于涉及公司利益不得不购买的。即便是很少的钱，除非能够确保增值，否则他绝不会有勇气或野心在没有保证的商品上下赌注的。

在这一点上，他是个很靠谱的、值得信赖的丈夫，只凭这一点，妻子也应该好好感谢他。

他克制着想这么对妻子说的冲动，回到了客厅。妻子好像在浴室里，估计正从洗衣机里往外拿洗完的衣服呢。

威一郎在沙发上坐下来，正看着刚取来的邮件时，妻子就进来了。

“洗发水用光了，你也没及时换新的，少见哪。”

他自认为说话的口气很平和，妻子却答非所问：“每天我总觉得心神不定的……平静不下来。”妻子在沙发另一头坐下来，使劲叹了口气：“而且，最近晚上老睡不着觉，早上也睡不醒。”

妻子用手指摁着太阳穴，垂下眼帘。

听她这口气，好像是怪罪老公退休在家，让她心烦，她才变得这么忧郁似的。

“你是缺乏运动吧。”

妻子立刻瞪了他一眼。威一郎赶紧避开她的目光，说道：

“那也用不着小题大做呀。”既然说到这儿了，他干脆把想说的都说了，“没用的事想得太多了吧。”

“好吧，那就让我跟你说个明白。最近，我老觉得像做了什么吃亏的事似的。你退休了，倒是逍遥自在了，可我的家务活儿突然增加了，我心里很不安。说实话，我想让你帮着清洗浴缸呢。”

“你是说让我刷洗浴缸吗？”

“就这点儿事，你总可以帮着干吧。”

什么都顺着她的话，还不知道她要得寸进尺到什么地步呢。威一郎瞪着妻子，说：

“你觉得累的话，可以让美佳干哪。”

他刚一提到女儿的名字，妻子立刻反驳道：

“让美佳干也太可怜了。她工作了一天，每天晚上回到家已经很累了，怎么还忍心让她刷浴缸呢？”

女儿在日本桥一家制衣公司工作，今年二十六岁。听妻子的话，分明是说和女儿比起来，你才是大闲人呢，这让威一郎颇为不快。

“你就知道娇惯美佳。”

“可是，这孩子每个月交给我五万元生活费呢。”

“你说什么？”

这不等于说，我没有交生活费吗？

“这不是应该的吗？都二十六岁了，饭也不会做。这孩子的婚事一拖再拖，根本就不是因为工作忙的关系吧！再这样下去，谁还敢要她呀？”

“这话你说了多少遍了。你的意思是说美佳不会做家务是我的错了？请不要转移话题。”

“我没有转移话题，我只是说应该让她帮着做点儿家务罢了。”

忽然，妻子莞尔一笑：“你真是不懂啊。”

“什么呀？”

“比起家庭来，工作更让美佳感到愉快啊，现代年轻人嘛。”

威一郎不明白她什么意思，只听她继续说：

“我们那个时候，适婚年龄就如同圣诞蛋糕，一过二十五岁就等于卖剩下的了，会被别人在背后指指点点的。我父母就曾经对我说过‘你可不要让我们没有面子’的话。不过现在，‘适婚年龄’这个词已经过时了。”

这些还用她和我说，谁不知道啊。威一郎懒得搭理她，便沉默不语，妻子换了一种郑重的口吻说道：

“那么，以后刷洗浴缸的活儿，就拜托了？”

“啊？”

由于她说话的腔调突然变客气了，威一郎不由自主地点点头，妻子立刻跟进道：

“那就从明天开始吧。”

威一郎觉得这简直就像设了个套，让人往里钻。不过，妻子心里怎么想的，他也能知道个大概。

洋子也快六十了，不像年轻时动作那么麻利。如果这就是她心神不宁的原因，刷洗浴缸这点儿活儿还是得帮着干吧。

“你得告诉我浴缸怎么刷洗呀？”

“好吧，那你现在就跟我学学吧。”

我怎么到了这个地步呢？他心里正纳闷儿呢，妻子已站起来朝浴室走去了。

没办法，威一郎只好跟着她进了浴室，她从浴缸上面的架子上取出清洗剂和海绵。

“你就用这个刷洗，这些东西从这个架子上拿。”

威一郎知道要用海绵，就先拿起清洗剂，想仔细看看瓶子背面的说明，可是字太小了，他看不清。

“喂，把我的眼镜拿来。”

“还看什么呀，先刷刷试试。”

洋子往浴缸内壁喷上了清洗剂，用海绵刷了几下，给他做示范。

“还有，排水孔的污渍用这个刷。”妻子说着又递给他一把旧牙刷。

“怎么刷呀？”

妻子取出排水口上的地漏盖，指着它说：

“刷这个地方的时候用这个。”

原来这些地方都得刷呀，威一郎只好点点头。

“学会了吧。”

妻子说完就走了，剩下自己一个人。威一郎又重新脱了衣服，只剩下一条内裤，然后迈进了浴缸。

他先按照妻子的吩咐，往浴缸里喷清洗剂，然后用海绵用力地刷起来。

这是他有生以来第一次刷浴缸，一旦干起来，比想象的还要难。跪在浴缸里，身子向前弓着，一直保持着这个姿势刷浴缸的时候，从腰部一直到脚都疼得不行。

于是，他只好中途站起来伸伸腰腿，等到不疼了再弯下身子接着刷。

到了这个年纪，干这种活儿更是难上加难了。再说，自己这么个大男人竟然清洁起妻子和女儿泡澡的浴缸来了，这叫什么事……

这么一来，自己不就成了浴室清洁工了吗？

威一郎越想越觉得自己有种“虎落平阳被犬欺”的感觉。觉得差不多刷干净了，他就喊了妻子一声。

“什么事？”过了一会儿，妻子探头问道。

“你看看，这样行吗？”威一郎问。

洋子大致看了看，点点头：

“嗯，还行吧。”

费这么大劲，干了半天，就这么一句“还行吧”，像话吗！

“反正我干完了。”

威一郎抹去脸上的汗说。妻子听了反问：

“就这些吗？”

“什么呀？”

“你干的活儿，就这些吗？”

“啊！”

“真可以。”

妻子“啪”的一声关上浴室的门，走了。

“怎么了？”

威一郎冲着关上的门嘟囔着。

听她的口气，就等于告诉自己，你能做的家务也不过如此。她想说的意思就是，和我干的活儿简直没法比。

可这是我生平第一次刷洗浴缸呀。以前我可是从来没有做过家务，这次不管怎么说也算是做了，至少应该说一句“辛苦了”吧。

“真欺负人。”

总归一句话，自从退休以来，妻子在各个方面都看不起自己，甚至有些咄咄逼人。

回到自己的房间，威一郎躺在床上，不知不觉睡了片刻。

睁开眼时，桌子上的表竟然显示的时间是下午三点。

上午去大厦管理公司面试，回来后和妻子吵了一架，最终不得不去刷浴缸。

不管面试结果如何，今天的活动量可是前所未有的，可是现在下午才过了一半。

退休以后他才发觉，一天的时间是那么漫长。

时间原来过得这么慢，可一直以来自己都感觉一天的时间只是一眨眼的工夫。这究竟是因为工作太忙了呢，还是因为忙得没有工夫回顾过去呢？

总之，今天一天长得让人难以忍受。

威一郎慢慢下了床，拉开了蕾丝窗帘。

微微西斜的秋阳顿时射了进来，直晃眼睛。

这个时候，那些同事现在还在公司忙工作吧。威一郎脑海里渐渐浮现出了上午看到的东亚广电的大楼。

为什么突然那么想去公司看看呢？到现在，他仍觉得不可思议。

面试完了之后，他坐电车经过银座站后，便是新桥站。一看到“新桥”两个字，听着广播员说“下一站是新桥”的时候，他突然产生了想要下车的冲动，于是就跟着人流下了电车。

想必是这三十多年来，自己每天都在新桥上下车的习惯复苏了吧，竟然让他不由自主地也下了车。

而且下车以后，威一郎仿佛理所当然似的，朝公司所在的方向走去。

明明已经退休，什么工作都没有，可他就像有什么重要的事情要做似的，信步朝公司走去。

从一号出口来到地上，沿中央大道往筑地那边拐过去，过了第二个十字路口，就能看见不远处一座高大的白色建筑物，东亚广电就在那里面。

一直走到离大楼正门还差二三十米的时候，威一郎不由得停下了脚步。

“喂，喂，你这是要去哪儿啊？”

他问着自己，向后倒退着。

快到中午了，再过二三十分钟，职员们就会一拥而出。其中肯定会有威一郎认识的人。他们要是看见他，很可能会马上跟他打招呼的。

这么一想，他赶紧躲到了挂着中华料理店招牌的大楼旁边，抬头凝望着这座白色的大厦。

自从退休以来，他还是第一次到这里来。退休的时候，他认为自己已经不会再到这里来了，而且也不想再来了。

可是，为什么又来了呢？他不愿意承认自己还忘不了公司，告诉自己只不过是出于多年的习惯，无意中走到这儿来的，仅此而已。

“你站在这儿干什么，赶快回家。”

他对自己这么说着，刚迈出一步，就看见一个中年男人朝他走了过来。

“哟，大谷先生，这不是大谷先生吗？”

这男人是威一郎退休时，负责出版营业局的杉山部长。

“您是到公司来办事吗？”

“不是，刚好路过这边……”

“事儿办完了吗？”

威一郎不由得点点头，杉山指着斜对面的大楼说：

“方便的话，那里有个咖啡店，我们去坐坐？”

杉山是威一郎任出版营业局部长的时候，从市场局调过来的，一直受到威一郎的关照。退休以后，一直没有什么联系，看来杉山还没有把自己给忘了，威一郎心想。

“您有时间吗？”

当然时间多的是，但他只是微微点点头，杉山快步引导他进了咖啡店，他们面对面坐到靠里面的座位上。

“董事，真是好久不见了，见到您很高兴。”

突然被称呼为“董事”，威一郎又是欣喜，又是紧张。

杉山又朝威一郎低头致谢，说：“托您的福，我一直很好。”

“太好了。”

威一郎也低下了头。

“您一向可好？我还想给您打电话呢。”杉山说道，“不过，您一点儿都没变。”

真像他说的那样吗？虽然威一郎没有这份自信，但是对此倒也不反感。

不过，紧接着被问到“您现在忙什么”时，威一郎不知该怎么回答。

他当然是什么也没干，可是又不想这样说。

“整天瞎忙吧……”说出来的是言不由衷的话。

当对方一说“到底是董事啊，找您帮忙的人一定很多吧”时，威一郎赶忙点头。

对方又问：“您没有参加退休之家的活动吗？”

威一郎慢慢摇摇头。

退休之家是公司为退休职工安排的活动室。退休人员可以自由进出，随便使用电脑，看书架上的图书，还可以下围棋、象棋。

威一郎一次也没有去过，以后也不打算去。

听说有人经常去那个地方，但说实在的，自己还不至于落魄到那个地步。

“以后您可要常来公司啊。”

听了这话，威一郎刚想点头，又改口道：“不了。”

如今，自己即使去公司也只会让人敬而远之。再说了，要是遇见给自己使绊的井原，肯定会被奚落一番，诸如“您来公司有何贵干哪”等等。

这样的公司，他可不想再去了，去了好像他特别留恋似的。

最让他感到愉快的倒是听对方谈起出版营业局的现状。

对于威一郎的后任泽田，杉山断言：“那个人根本不懂业务，在他手下根本没法工作。”

的确，泽田是井原的跟班，靠着这层关系被提拔成了自己的后任，杉山对此人是完全予以否定的评价。

“不过，他还算是不惜力吧。”

“再不惜力，跟大谷先生也没法比啊。”

威一郎轻轻点点头，全身都洋溢着喜悦。

看来那家伙终究是不行啊。自己的后任遭到贬低，是最让他感到愉快的事了。

说心里话，只是听到这件事，他就觉得今天没有白来。

“别想那么多了，你就好好干吧。”

他本想和杉山再说一会儿话，无奈快到午休时间了，担心遇见同事们，威一郎便站了起来。

“我来结账。”

杉山说着拿起了账单。威一郎虽然推辞了一下，但杉山还是去结了账，二人一起走出了咖啡店。

“再见吧，董事，您多保重。”

和对方握手的感触现在还残留在他手心里呢。

威一郎再次看着自己被人握过的手，用力地点了点头。

看来我还没有被人遗忘啊！对我的业绩给予肯定评价和仰慕我的人还真是不少啊！

在过去的三十八年间，自己在那个公司所做的一切都还是值得的。

“你说呢？”

他问自己，然后自己对此表示了认同。

可是，眼前的衣架上挂着刚刚脱下不久的灰色西服套装和领带，让人看了有些落寞。

早上，自己去浅草桥的某公司面试。回来后，便立刻被妻子驱赶着打扫浴室。

在这样的状态下，怎么能说每天都过着充实的生活呢？自己告诉杉山说“整天瞎忙”，那纯粹是在撒谎，这一点威一郎自己比谁都清楚。

“居然撒了个谎。”自己竟然不惜撒谎来伪装自己现在的生活。

在以前的部下面前，他要竭力挺直腰杆，装出精神百倍的样子。

一向自尊心很强的自己现在竟然到了如此地步，愈加可怜又可悲。

威一郎将目光移向了窗外，望着渐渐向西边倾斜下去的夕阳，他的眼睛已被泪水浸湿了。

c h a p t e r 0 5

/

去 年 今 年

每年的除夕夜，大谷全家人都会聚到家里来，吃一顿年夜饭。

平时孩子们都各忙各的，不能全家一起吃晚饭，但是至少在岁末要享受一次合家团圆的快乐。

今年岁末，威一郎也打算按照老规矩，等全家人都到齐了，自己再坐到饭桌前。

可是，现在退休了，从早到晚都闲得没事干。

到了傍晚，六点半的时候，他估计着时间差不多了，便去客厅看了看，发现根本没有儿子的影子，妻子和女儿还在厨房里忙着做饭呢。

说是年夜饭，其实都是买来的半成品，她们俩怎么做了这么长时间呢？

只有小太郎歪着脑袋凑了过来。威一郎想想自己一个人在这儿傻等着也不合适，便又返回自己屋里去了，先看一会儿电视再说吧。

看了三十分钟后，他再次去了客厅，这回桌上摆上了几盘过年的菜，有炖菜和醋拌鲜鱼等等。可是儿子哲也好像还没有回来。

威一郎看了一遍菜肴，对端着一盘黑豆进来的妻子说：“哲也怎么还没回来？”

“是啊。”妻子冷淡地答道。

除夕夜又不上班，这孩子干什么去了呢？威一郎这么想着，却看起报纸来。这时，玄关的门开了，哲也回来了。

威一郎想埋怨几句，可是又给咽了回去。哲也只是朝他点点头，便立刻去厨房，跟妈妈聊了起来。

“哼，家里人都一样，全都不理我。”威一郎克制着没把这话说出来，继续看报纸。

“好了，大家吃饭吧。”妻子招呼道，随即大家都坐到饭桌前。

客厅的桌子比较矮，所以准备了榻榻米座椅，威一郎坐在长方形桌子的最右边，对面是哲也和美佳，妻子坐在他旁边。

这样的排序从孩子们懂事时起一直延续到现在。大家先往酒杯里倒了屠苏酒[1]。

然后，威一郎举起酒杯，说道：“今年，大家辛苦了！”

“辛苦了！”大家举杯一饮而尽。

到此为止和往年没有什么不同，但接下来的事就让威一郎稍稍悬起了心。

以前除夕夜的时候，他都要给每个孩子一个红包。

信封里面各塞一万元，还分别给他们写几句话：给儿子写的一

1 “屠苏”亦作“屠酥”，药酒名。中国古代风俗，农历正月初一饮屠苏酒，这一风俗后传入日本。

般是“今年注意身体，好好工作”，给女儿则写上一句“多帮妈妈做家务，该找个对象了吧”，等等。

虽说钱不多，却象征着做父亲的威严，孩子们也因为得到钞票而显得十分地欢喜。

可现在退了休，连自己的零花钱都不富裕，而且孩子们也都挣钱了。威一郎就不打算再给孩子们红包了。

于是，他说：“今年没有红包了。”

孩子们看来都能理解，没有说话，吃起饭来。

老爸退休了，没办法的事，也许他们是这么想的，威一郎心里当然更不是滋味了。

说实话，在这么喜庆的日子里，一万元也不是给不起孩子们。只是，即便他想要保持做父亲的权威，毕竟钱是有限的。生活会越来越拮据，这是明摆着的事。既然如此，不如趁早停止比较保险。

正是出于上述考虑他才决定这样做的，同时也感觉自己的存在忽然之间变得无足轻重了。

大家一直默默地吃着饭，威一郎向儿子问道：

“你现在工作怎么样？”

“什么怎么样？”

“就是公司的情况。”

“还行吧。”儿子冷淡地答道。

儿子在一家家电厂工作。找工作的时候，儿子经常来征询自己的意见，可是现在竟然成了这个态度，是觉得跟父亲说不说都没有意义了吧。

儿子的冷淡让威一郎很失望，便转向女儿美佳问道：

“你那边呢？”

“当然不乐观了。”

从立刻回答这一点看，还是女儿可爱。可是，她又加上一句：“最近人手不足，所以经常加班。”

威一郎听妻子说过，就点了点头。女儿又说：“我正考虑要不要在单位附近租个房子呢。”

“家里不够你住的吗？”

“可是上班要花一个小时呢，电车又挤。”

“房租怎么办呢？”

“肯定是个负担，不过，能少受点儿罪。”

真是这么回事吗？大家想要从自己身边离开倒是真的吧。顿时，一种寂寞感袭上心头，威一郎看了妻子一眼，妻子正专心地吃着醋拌鲜鱼。

女儿说出这种话来，妻子也无动于衷吗？威一郎实在不明白儿子、女儿，还有妻子，他们到底是怎么想的。

威一郎咳嗽了一声，喝了一口酒。

今年的炖菜做得还凑合，醋拌鲜鱼酸了点儿。他想这么说，又怕挨妻子“那就别吃”的奚落，所以就没有吭声，而改吃黑豆了。

电视机里传出了歌声。红白歌战[1]好像已经开始了。女儿随着歌声哼唱着，儿子和妻子聊着出场歌手的八卦，而威一郎无论对歌手还是歌曲都毫无兴趣。

1　日本 NHK 电视台每年的最后一天（12 月 31 日）举办的新年演唱晚会，男女歌手分别组成红白两组演唱，参赛者代表日本最高的歌唱水准。

他更希望有人给自己空了的酒杯斟满酒，可是没有人给他倒，他只得自斟自饮了。

这时，小太郎摇头摆尾地找他来了，他刚夹了一点儿炖菜给它，就被妻子看见了。她阻止道："啊，不要给它吃。"

她多半是想说，给它吃狗粮以外的东西会养成坏毛病吧。可是，现在只有小太郎愿意搭理他。

威一郎假装没听见，抚摩着小太郎的脑袋，继续喝闷酒。

多亏有小太郎做伴。当红白歌战进入高潮的时候，威一郎喝得有点儿晕乎乎的了，而电视里他一无所知的歌手还在唱着他一无所知的歌。

于是，他只好让妻子盛了一碗大年夜必吃的荞麦面条，吃完以后，才觉得这一年算是过去了。

然后，他又喝光了一壶酒，回到自己的房间，脸也没有洗，倒头便睡下了。

第二天早晨，威一郎七点就醒来了。

他五点去了一趟卫生间，所以应该说是第二次醒来，大概是睡得还不错吧，感觉神清气爽的。

从今天开始就进入新的一年了。今年会是怎样的一年呢？他拉开窗帘往外看，天气虽然有点儿阴，但还算不错。

哲也和美佳小的时候，新年一大早，他都会带上全家人去神社祈福。去年，他还和妻子两个人去过神社，可现在大家都还在睡梦中，似乎早把这事忘得一干二净了。

大概是昨天晚上看红白歌战看得太晚了吧，他们多半是十二点以后才睡的。

回想起来，以前自己都是和大家一起熬到除夕夜的钟声响起才睡，可今年自己却早早先睡了。

这说明自己上年纪了，但同时也不得不让他感觉到自己与家人的关系在日益疏远。

不管怎么说，大家都还没起来，去客厅也没有什么意思。

不过报纸好像来了，他去信箱取回厚厚的晨报，又回了自己的房间。

今年，日本经济受到了世界经济萧条的影响，与此相关的报道充斥着各个版面。

发达国家自不必说，发展中国家也同样举步维艰。

看着这些让人郁闷的报道，他忽然觉得自己退休的时间还不错。

事实上，经济不景气也波及了广告界，听说行业内也将进行大幅度的裁员。

在这样的形势下，即使自己留在公司里继续任职，也只会困难重重，而且以后领取的退休金数额还有可能不如现在。

刚退休的时候，自己还有些后悔，觉得是不是早了点儿。现在看来，那时候的选择或许是比较明智的。

即便是这样，自己也不可掉以轻心。

现在，从公司里领取的企业年金是生活的依靠，可是以后会怎么样呢？年金本身是从存储的退休金里一点点提取出来的，因此，一旦公司盈利减少，年金会随之减少的情况也不是不可能的。

虽然他非常希望企业经营顺利，不过以现任总经理之流的能力来看似乎有点儿勉为其难。

无论如何，在这样的经济背景下，六十多岁的老年人想再就业肯定会越来越难了。

突然，威一郎想起了前几天去面试的公司。

十二月初，那个公司给他寄来了不录取的通知书，但他并没觉得不高兴。就算是被录取了，他也不打算去。看目前的形势，去上班对自己也是一种折磨。

让他担忧的倒是这一个月来股票的暴跌。

退休时，威一郎领取了一千多万的退休金，剩余的部分全都作为年金储存在了企业里。

那时候，自己想用一半退休金买股票，但遭到了妻子的极力反对。

其实，妻子并非早早就预见了现在的不景气，她只不过是想把钱存进银行里，她的单纯竟然起到了积极的作用。

如果那时买了股票的话，肯定会损失很多。

确实有和自己同年退休的人，因为买了股票而损失惨重的。

由此看来，多亏妻子才得以幸免于难，或许应该好好感谢妻子一下。

可问题是，这些钱至今还在妻子的手里牢牢攥着。

威一郎的工资和分红都是直接汇到自己银行账户里的，所以都在妻子的掌控之下。

他一直以为，作为丈夫，一切收入都交给妻子打理，才是大丈夫的表现。

然而退休后他才发现，没有一件事自己能够做主。没有妻子的认可，别说大钱了，就连小钱都别想轻易取出来。

“今年我一定要争取到花钱的自由。”

这也是进入新的一年后的新课题，威一郎这么告诉自己。

早晨，等大家都起来开始吃早饭时，已经十点多了。

今天家里人没有一个人早晨就出门的，全家人互相问候着“新年好”，开始喝屠苏。

现在，哲也已经二十八岁，美佳也二十六岁了，差不多该有一个人结婚了。话虽这么说，可他们都还没有对象。

威一郎想问问他们，又担心这么一本正经地询问会扫大家的兴，所以就没说话。

其实，要是倒退四五年的话，他还可以跟孩子们无拘无束地聊聊天。可是最近，怎么变得这么难以沟通了呢？当然，也是他觉得两个孩子都已经是大人了，不能再对他们指手画脚了，所以说话会有所顾虑。

在这一点上，妻子跟孩子们说话就很自然，他们也很随和地回答。当然有时候也会吵两句，拌两句嘴，但反而显得更亲热了。

可见，只有自己不合群。说得好听点儿，这是做父亲的威严，实际上挺没意思的。

这种孤立感，其他的退休男人应该也有吧。前几天，他见到比他早退休两年的长田时，就听他说：“最近和孩子们也不说话了。”

如此看来，这种寂寞感是退了休的男人，以及上了年纪的男人的共同感受吧！

话又说回来，当父亲的倘若和母亲一样跟孩子们絮絮叨叨地聊天，不是很可笑吗？父亲还是应该居高临下地守护着家人。

当他一边这样宽慰自己，一边喝茶时，美佳问：“啊，贺年片该来了吧？”

每年的这一天，贺年片大致都是十点到十一点之间就送到了。

“对呀！你去取一趟吧。”

哲也说道。于是美佳就去一楼取贺年片了。

其实，威一郎刚喝完屠苏，就在惦记贺年片的事了。

往年他都使唤哲也：“小子，去取一趟贺年片吧。”而今年他不想这样支使孩子了。

退休之后，他反而更加怀念贺年片了。如今只有它们是自己与外界连接的唯一渠道，因此从去年年末写贺年片时起，他就开始坐立不安了。

尽管如此，他自己不但不去取，也不命令哲也去，而是等着谁主动去。

他不愿意流露出自己等着看贺年片的迫切心情，只是像以往那样摆出一副对贺年片这种无聊俗套的东西根本无所谓的模样。

现在，威一郎仿佛忘记了还有贺年片这码事，悠悠然地品着茶。

不一会儿，随着啪嗒啪嗒的急促脚步声，美佳抱着一堆贺年片回来了。

“正好赶上邮递员在分呢！”

美佳一边说着，一边把贺年片都放在桌子上，按收信人的名字开始分了起来。

哲也也凑了过去，帮着她分。

妻子正在厨房里收拾锅碗瓢盆。

“这是爸爸的，这是哥哥的，这是我的。”

随着他们俩一张张地分发着，四叠贺年片也在一点点地增高。

威一郎则在旁边默默地瞧着。

去年过年，是退休后的第一个正月，寄来的贺年片数量和以前差不了多少。

尽管也少了一些，但和往年的五六百张相比，只少了一成左右。

威一郎感到很安慰。今年会怎么样呢？

威一郎一边这么想着一边看着，好像还是自己的那堆最高。

哲也和美佳的，还有妻子的，都比自己的少多了。

“有的人寄到我的宿舍去了。”

两年前就住进川崎的宿舍的哲也说道，然后拿起自己那堆贺年片，津津有味地看了起来。一边看一边说：“这家伙，还印上了自己和孩子的照片，变成拖家带口的了。”

“嘿，利卡，结婚啦！”

美佳也在贺年片上看到了好朋友结婚的消息，显得非常吃惊。

年轻人都在互相汇报着朋友的消息，可是到了威一郎这个年龄段，几乎没有什么高兴的事可以互相通知了。

相比之下，知道对方平安无事就已经足够了，唯有祈祷不要得病而已。

“好了，分完了。”

威一郎听见美佳这么说，朝桌上一看，堆着两堆贺年片。

美佳拿起其中一堆多的递给他，说：“这是爸爸的。”

“谢谢。”

威一郎道了谢，心情却不那么平静。

怎么这么少啊？比去年少多了，才两百多张，还不到去年的一半呢？

“才这么一点儿。”他看着手里的贺年片，差点儿说出来，但还是忍住了。

这时，妻子进来了。她先拿起了那叠寄给自己的贺年片，然后看了看威一郎手里的，说：“怎么这么少啊？”

他刚要反唇相讥“跟你有什么关系”，妻子又问：“今年我买了五百张呢，怎么办？”

妻子最担心的不是寄来的贺年片少了，而是担心因此浪费了好多已经买了的贺年片。

“过几天，还会从公司寄来一些的。”

去年，过了四五天，从公司转来的贺年片有一百多张，今年会不会还这样呢？

反正跟妻子争论这些也没有意义，于是，威一郎拿着属于自己的贺年片回房间去了。

其实，他是不想在孩子们面前谈论自己的贺年片减少了。也许他们已经意识到了，但他还是想自己一个人仔细查看。

他一张一张地看着，私人朋友以及有交情的人的贺年片几乎一张都没有少。

此外，银行或附近商店的广告贺年片和去年比也没有什么变化。相比之下，曾经有工作关系的那些公司，或相关部门的贺年片就大幅度减少了，上司和同僚的贺年片也几乎看不见了。

去年正月还不是这样子呢，怎么今年就一下子变成这样子呢？

威一郎茫然地望着空中，缓缓地点了点头，心中似乎有着无限感慨。

去年刚刚退休，可能大多数人还不知道他退休的事。自从他去年在贺年片上印了“顺利退休”后，今年在寄贺年片的时候，大家就都知道了。

莫非他们是觉得已经没有必要再继续寄贺年片了，所以就把自己的名字从名单里画掉了吧。

“原来如此啊！”

威一郎将手放在今年收到的贺年片上。

看来明知我退了休，也没有忘记给我寄贺年片的人只有这些啊！而且，以后还会继续减少的。

回想起来，自己也曾经做过同样的事。有业务关系的部门负责人退休后，便理所当然地不再给他寄贺年片了，开始给新担任那个职位的人寄贺年片。他一直认为这么做很正常，殊不知这样做会给对方造成很大的伤害。

威一郎静静地从窗口眺望正月的天空。

现在人们会去参拜神社，或者和亲友聚会畅饮吧。与此同时，也有独自看着不断减少的贺年片而备感落寞的人。

这种心情无论对谁诉说，谁都不会理解的，就连妻子、哲也、美佳也只会说“这种事不必放在心上啊”。

的确，贺年片的事情是不必介意的。这样才能够真正从公司中解脱出来，迎接自由自在的退休生活。

因此，威一郎在今年的贺年片上，除了印上“谨贺新年”之外，还添加了一首俳句：

“初春到，独往独来，乐逍遥。”

从今往后，自己不再属于任何公司和机构了，将独自一人生活下去。不管愿意不愿意，这就是现实，而其中自有其悠游自在之处。

虽然这是俳句的真实含意，但对于写俳句的自己来说却如同天方夜谭。自己所断言的一个人生活得“乐逍遥”，说到底不过是逞强罢了。

不过，威一郎也希望通过这个诗句给懦弱的、自暴自弃的自己打打气。

这一点，别人也许能够体察吧。

当然，他深知现实是残酷的。虽然说什么乐逍遥，实际上自己整天都忧心忡忡的。

威一郎脑子里渐渐浮现出半个月前所发生的事。

每年十一月末到十二月初，都会有很多人给他寄送礼品。有食品盒或点心类，也有领带或围巾，乃至品种繁多的花束。

这些礼品从狭窄的玄关一直摆到哲也住的房间，妻子每年都叫唤着“写感谢信写得手都酸了”。

谁知从去年岁末开始，发生了一百八十度的大转弯。

礼品的数量骤然减少了，不但哲也的房间空着，过了圣诞节之后，也只是在玄关旁边孤零零地放了几个而已。而且还都是朋友送的，与公司业务相关的那些人的礼品，几乎一份也没有了。

妻子见了，就说：“今年真少啊！”

威一郎假装没听见，没有应答。“我退休了，没有办法。”其实他想这么说，又没有勇气说出来。

“现在，贺年片也越来越少了。慢慢地，你就会被人遗忘了吧！”

威一郎轻轻地对另一个自己说着，随即闭上了双眼。

从客厅那边传来了妻子和女儿叽叽喳喳说笑的声音。有那么可笑吗？威一郎听着她们的说笑声，越发觉得无论妻子也好，孩子也罢，都和自己分属完全不同的生物。

说笑声消停下来后，威一郎慢慢伸出手，从抽屉里拿出一包烟，点了一根，独自吸着。

自从当了董事后，他就把烟戒了。在各种商谈或会议上抽烟会影响别人，也不利于工作的开展。他觉得职位越高就越要戒烟，可退休以后，倒抽得多了起来。

虽说已经习惯了不抽烟，但是整天这么无所事事的，就不由得想抽了。

不可思议的是，一旦拿起烟来，望着袅袅上升的烟雾，他就陷入了还在工作的错觉之中。

抽完了一支烟，他重新一张张地看起了贺年片。

除去广告贺年片，他看了一遍其余的贺年片，似乎还有人不知道自己退休的事。

是否有必要再通知一次呢，还是算了呢？威一郎犹豫不决。

不过，最让他高兴的，还是在印刷的贺年片最边上写的几句通报近况的话。

比如“一向可好”“承蒙您关照了”等等，尽管是千篇一律的套话，但亲笔写的字，让他感到格外温馨。

他继续看下去，看到了一张以前给自己当过秘书的、名叫大浦的女性的贺年片。

在她和宠物猫一起拍的照片旁边，印着“新年快乐”；不过，在旁边还写了一句“请您有空常来公司看看”。

威一郎退休之后，她应该还继续担任新上司的秘书，看样子她还没有忘记自己。

虽然她写了“请您常来公司看看”，不过，现在的他是不可能去公司的，如果她想和自己见个面的话，可以请她吃个饭。

回想起来，每年情人节的时候，她都会送给自己巧克力。虽然不是很贵的巧克力，但她递给自己的时候，那副害羞的表情十分可爱。

但是，去年的情人节，她什么也没有送给自己。

这也没什么可奇怪的，自己退了休，已经不是她的上司了，但他还是觉得失落。

“唉，有什么办法呢。”

他自言自语着，拿起了下一张，不禁立刻盯着看了起来。

在两个大大的金箔字“贺正”旁边，印着站在鲜花装点的酒吧门口的老板娘的照片。

这张贺年片是银座一家名叫“真琴”的酒吧寄来的。

“新年过后，从正月初五开始营业。”在这句话下面，写着“老板娘：村冈真琴”。

没有退休以前，自己经常光顾这个店。

从他退休前十年开始，老板娘就从“神庙”店出来自己单干，开了这个店。十年来，威一郎一直频繁地把她的店作为应酬的场所。

那时候，到底在她的店里消费了多少钱，数也数不清了，当然花的都是公司的钱。现在回想起这些，时光也不会倒流。

“您得多支援我，多帮忙啦！”因为老板娘这一句话，他便成了常客，当然也还因为对她颇有好感。

事实上，多次约会之后，威一郎曾经和她在饭店里过了一夜。

她说自己是北九州出身，却是个皮肤白皙的美人，脑子也很灵活。

只是没想到，两个人单独在一起的时候，她爽快得过了头，却少了点儿情趣。不过，能够和老板娘这么亲密，还是令威一郎深感幸运和自豪的。

当然这种事是两个人之间的秘密，不能到处炫耀的。

当公司问他去不去大阪的分公司时，他拒绝了，其中也有去了那边，就见不到这位老板娘了的缘故。

后来他就退了休，最让他难受的是不知该怎么把这件事告诉老板娘。当他终于下决心告诉她时，她只是点点头，淡淡地说："哟，是吗？真是遗憾哪！"

她的冷淡让威一郎感到很失望，也许她早已从公司的其他董事嘴里听说自己退休的事了吧。

参加完公司的欢送会，他曾去过"真琴"，但总感觉她已经没有了过去的绵绵情意。难道说在老板娘的心里，他们曾经共同拥有的回忆已经结束了吗？他感到无比惆怅。

那是他最后一次去"真琴"，退休以后根本没有可能去那样奢侈的地方了。

即使如此，威一郎还是经常想起她来，也想过给她打个电话，可是一想到自己现在的情况，就没有打。

去年正月，她还是寄来了贺年片，在那张和今年同样的照片下面，写了一句："你好吗？"

过了一年之后，这次寄来的贺年片上，只印着"贺正"两个字和照片，一个字也没有写。

"连一句话都不能写吗？"

就算对着照片里的老板娘说什么，她也不会回答的。

威一郎知道，董事时代那奢靡浪漫的回忆，已经随着这张贺年片一起远去了。

这也是无可奈何的事，他虽然早就明白了这一点，但在内心深处，依然还有一个拒绝接受现实的自己。威一郎再次闭上了双眼。

chapter 06 / 界限

过了年，便进入了退休后的第三个年头，夫妻俩的生活方式好像也逐渐定型了。

早晨，威一郎起床后去客厅看报纸，妻子在厨房一边给美佳做早餐，一边跟她聊着什么。

吃完早餐，美佳去上班，威一郎出去遛狗，妻子等不及似的开始打扫卫生，然后她自己才吃早饭。

威一郎遛狗回来，她也不加理睬，继续看早晨的电视剧。

“喂，我回来了。”他想这么说，可又一想，这只会让妻子更烦躁，于是也就不吭声了。

妻子肯定也很厌烦一见面就挨他的训，而他整天瞧着妻子这副冷若冰霜的脸，对精神健康也没有一点儿好处。

总之，两个人保持一定的距离似乎最安全。只要威一郎一进客厅，妻子就回避似的立即开始打扫或者洗衣服。等威一郎一外出，她马上就休息。

妻子这么做恐怕也是为了逃避丈夫整天在家造成的精神压力吧。可是难道可以永远这样下去吗？威一郎不无担忧，但暂时又没有行之有效的解决办法。

最近，他从图书馆借来的健康杂志里，看到“因丈夫在家，妻子患上精神压力病”的说法，感到很是吃惊。

他记得以前在报纸上也看到过类似的报道，这种病具体说来，即是“由于丈夫天天在家，妻子精神上、肉体上的平衡被打破，变得不稳定的一种病症”。

杂志上还说，其症状“除了精神性高血压、胃溃疡、十二指肠溃疡以外，还有浑身乏力、出冷汗、颤抖等低血糖病症，以及慢性肝炎等等。因患者体质不同，症状也有很多种……初期症状大多是头疼或失眠，一般来说缺少自我的‘贤惠妻子’最容易得这样的病”。

洋子算不算贤惠的妻子暂且不论，她最近所说的症状确实与此很相近。

他发现洋子不对劲是从去年夏天开始的。深夜的时候，他经常看到妻子一个人躺在客厅的沙发上看电视。

“大半夜的，你怎么不睡觉？”

“睡不着。”妻子倦怠地回答。

是不是由于天气太热的缘故？可是空调开得很低啊。他只好说：“赶快回房间睡觉去吧。”但过了很久，她才去睡觉。

还有十二月初的时候，妻子没有感冒，却老是干咳，还说经常出冷汗，这也是精神紧张的症状吧？

她不会真得了那种病吧？也难说，不能完全排除这种可能性，他分析着。

不管怎么说，倘若由于老公每天待在家里而使妻子得病，那可真是天大的笑话。这不就等于是说，自己就是引发妻子疾病的病菌吗？

“岂有此理！”

威一郎竟然说出了声，愤愤不平地抱起了胳膊。

现在回想起来，以前自己每次出门的时候，妻子都会问他：“今天晚上去什么地方啊？”“大概几点回来？”

威一郎的回答都是千篇一律的“有个应酬，尽量早回来”。因为告诉她具体有什么事也没有用，再说也不可能早回来。

他一直认为，既然丈夫每天在公司的第一线工作，回家晚是正常的，妻子也应该多多理解。

妻子后来确实不再问了，即使自己回来晚了也从来没有唠叨过。

然而，自从威一郎退休以后，两人的情况发生了逆转。

和过去相反，丈夫几乎一天到晚都待在家里，每当妻子出门的时候，都是丈夫问：“到哪儿去？什么时候回来？”

他以为只有自己需要面对巨大的变化，其实，对于妻子来说也是同样的。

如此看来，妻子的精神压力增加、健康出现状况也在情理之中。

威一郎虽然基本上能够理解，但还是搞不明白。

尽管自己能够帮妻子干的活儿仅限于遛狗、打扫浴室之类，可是，有老公天天在家里陪着，对于妻子来说，难道不是一件令她感到安心而愉快的事情吗？

结果，反倒成为得病的原因。

“不明白。”

威一郎自言自语道，回想起过去的妻子来。

说实在的，从刚结婚的时候起，他就觉得洋子是一个可以信赖的、让人放心的妻子。

这几十年来，妻子几乎没有因为家里的事给威一郎添过麻烦。

不仅如此，他甚至觉得自己的家庭非常稳定，绝不输给任何一个家庭。

洋子生长在一个稳定的工薪家庭，是个典型的居家女人，性格温顺。她对威一郎的事从不干涉，但绝不等于不关心，逢年过节给上司寄送礼品乃至问候信，她都不会忘记或遗漏。

到了威一郎四十多岁的时候，他的事业如日中天，不断升职，常常带着同事或年轻后辈来家里做客，她也从没有厌烦之色，总是殷勤款待。

虽说她算不上多么聪明，却朴实本分，也没有让威一郎感觉不满意过。

有人说，随着年龄增长，家庭中的夫妻关系就会发生逆转，但威一郎认定，洋子绝对不是那种不知天高地厚的女人。

然而，近来妻子的态度使他越来越不安。

最近，跟她说话半天都没有反应。问她个事，也经常听不明白。“啊，对不起，没听见。”或者“你刚才问什么？”她不会得了老年痴呆吧，他心想，只好又问一遍，她才听明白。

看她的情形，不像是心不在焉，更像是没有说话的气力或兴趣。

那么，出现这种状态是因为丈夫退休后，对丈夫的感情淡薄了呢；还是生活方式发生了改变，和丈夫相处得疲惫了呢？

即便如此，都已这么大年纪了，不可能要求她改变什么，太勉强她的话，只能引起争吵。

回想起来，从四十多岁到五十多岁的时候，他们之间经常发生争吵。起因是威一郎常常深夜不归，有时候竟然夜不归宿，因而妻子怀疑他外面有女人。

其中有几次的确是因为女人没有回家。所以，在不管怎么拼命解释，也不能自圆其说的时候，他就干脆和妻子温存一番。他觉得这是最好不过的解决方法，事实上也的确多次平息了事态。

不过现在，说真的，他没有那份气力和妻子温存了。这并不说明他讨厌或不爱妻子了。现在与其说妻子是性伴侣，还不如说是可以信赖的生活伴侣。他希望妻子经常在自己身边，只要有她在身边，就觉得安心，但并不等于因此需要有什么身体接触或者性爱。

想到这些，威一郎深深地叹了口气。

看来以后应该尽量避免夫妻吵架了。

以前即使吵架，自己也有自信能够和解，如今精力和体力都下降，已经没有和解的好办法了。

“以后越来越难了。”

看着借来的杂志，威一郎轻轻地自言自语道。

冬天天黑得早，一到六点，外面差不多全黑了。

威一郎在自己的房间里看完六点的电视新闻之后，把最近买来的小围棋盘摆到桌子上。

他后来没有再去那个围棋会所。如果只是为了提高棋艺的话，看着围棋指南，自己下就足够了。

他正摆棋子的时候，传来美佳的声音：“我回来了。”

她好像是刚下班回来。

威一郎看了一眼桌子边上的表，七点刚过。

最近，大概加班比较多，美佳每天都回家得很晚，所以只有听到女儿的声音后，他才算放下心来。

女儿一回来，晚饭就不是和妻子两个人吃了。有美佳一起吃的话，他感到特别愉悦，犹如点亮了一盏明灯。

妻子可能也跟他想的一样，和女儿说话的声音显得特别兴奋。

他克制着想马上去客厅的心情，继续下棋。这时，美佳敲敲门，走进来。

“爸爸，该吃晚饭了。”

威一郎盯着棋盘，点点头。

“你最近每天下班都很晚，今天怎么这么早啊？”

美佳“嗯”了一声，伸过头来看着棋盘问：“爸爸经常自己下棋吗？”

“差不多吧。”

“爸爸也不要总是在家里待着，多出去走走，不然，会精神抑郁的。”美佳站在威一郎身边，抱着胳膊，继续说道，“偶尔也和妈妈一起出去旅游吧。”

“和你妈……”

“是啊，你们好长时间没有出去旅游了。”

“我当然没问题……”

他一口喝干了杯子里的凉茶，美佳“啪”地打了个响指。

“依我看，你们干脆来个出国游怎么样……对了，妈妈不喜欢冷的地方，那就带她去南边好了，比方说，夏威夷啦，或者澳大利亚啦。”

“说得好听，你想趁我们不在的时候，夜不归宿吧？”

“哪儿啊，我就是觉得你们应该趁着还走得动，多去旅游。”

“走得动？”

“是啊！我一个朋友的父亲，和爸爸一样年纪，刚一退休就得了心肌梗死住了院。”

“怎么回事？”

“不知道，一退休，突然就得了。有时候就是这样……”

突然转到了沉重的话题上，威一郎听完点点头。

“明白了。”

“妈妈肯定会高兴的。”

美佳说完，又说了句“马上开饭了”，就出去了。

女儿叽叽喳喳的声音消失后，威一郎又回想起刚才女儿说的话。

确实，一退休就得病的人很多。他听说关照过自己的一个前辈，也是退休两年后得了胃癌，做了手术。

有不少人一退休身体就出问题了，可是，他们怎么会突然之间身体就衰弱了呢？退了休，休息的时间应该多得很哪，真是不可思议。

实际上，威一郎自己退休后血压也高了一些。

以前他一直是150过一点儿，医生说“偏高”，但一个月前检查时竟然超过了160，只好去附近的内科医院开了些降压药。

按说自己又不用上班，天天养尊处优的，怎么会血压增高呢？他不解地问大夫，那位五十多岁的大夫很干脆地点点头说：

“一般来说会这样的，突然闲下来，正是造成精神压抑的病因。”

“空闲造成的？”

威一郎追问道。医生先说了句“很抱歉”，然后说道：

“一直工作繁忙的人，身心都已经习惯了忙碌的状态，觉得忙碌才有意义，才感觉有活力。这样的人一旦有一天闲下来，就会不知所措。他们不习惯悠闲的生活状态，觉得整天无所事事不好，想要装出很忙碌的样子。这样反而会引起精神紧张，导致健康状况下降。”

威一郎还是不能理解。

“难道说，悠闲不是件好事吗？”

“身体虽然悠闲，但精神紧张的话，血管就会收缩，血液循环减弱，这样就容易导致新的疾病。”

原来如此啊。威一郎似懂非懂，但对于空闲会导致疾病的说法还是感到意外。

这么说，退了休，精神会紧张的并不是只有妻子，自己也一样。

威一郎望向窗外已经被夜色完全笼罩的夜空，思索着。

胡思乱想也没有用。该下去吃晚饭了，估计已经做好了。

威一郎轻轻拢了拢日渐稀少的头发，从自己房间出来，去了客厅。

卧在沙发旁边的小太郎立刻扭头朝他看，而妻子和女儿好像在厨房里聊着什么。

女人就是话多。他默默地坐在桌边，刚拿起晚报，就听见妻子的声音“我可不愿意……”，“为什么呀？”女儿问道。

两个人在争论什么呢？他好奇地侧耳细听，又传来妻子的声音。

“你知道吧，他一退休，我们俩就去了京都，为了庆祝他退休。那一次我就受够了，这辈子都不想和你爸两个人一起去旅游了……”

“你爸”不就是我吗？威一郎更纳闷儿了，继续往下听。小太郎也瞅着他，似乎在问：“你没事吧？”威一郎冲它点点头，只听妻子又说道：

“还谈什么放松啊，简直是疲惫不堪。特意去旅游，却累得筋疲力尽，想不到吧。”

“可是，你们能一起去夏威夷了呀。”

“算了吧，不要再提了……”

妻子说的好像是跟我一起去京都的事，他猜想。

两年前的事，现在乱发什么牢骚啊。他正要探头往厨房里瞧，美佳突然大声喊起来：

“爸爸，开饭了。”

威一郎惊得一哆嗦，赶紧“嗯”了一声，美佳自己也吃了一惊：“哟，爸爸怎么在这儿呀？”

“嗯，刚来的……”

威一郎走过来，在桌边坐下后，妻子和女儿都不吭声了。

“爸爸什么时候来的？倒是说句话啊。”

美佳抱怨着，就好像无意间听见她们俩说话的人有错似的，真是莫名其妙。其实她们才有错呢，为什么不当着我的面说这些呢？

桌子上摆着凉拌菠菜、关东杂烩，还有烤竹荚鱼。

威一郎看了一遍之后站起来，自己从冰箱里拿出一罐啤酒，喝了一口，对妻子说：

“你要是不愿意去，我才无所谓呢。”

妻子微微低着头一声不吭，知道她们说的话被他听到了。

“喂，你听见了没有？”

威一郎又追问道。妻子不客气地说：

“听见了。谁知道你没头没脑地在说什么呀，偷听别人说话，也太差劲了。”

“你说什么……”

她这种强硬的态度很不寻常。见威一郎瞪着她，妻子扭过脸去。

“请不要没事找事。”

“没事找事的不是你吗？”

“喂，不要吵了。爸爸和妈妈都不对劲，你们不觉得难为情吗？”

美佳插进来劝架，可是头脑发热的威一郎根本听不进去。

“到底为什么不愿意跟我一起去旅游啊？说说清楚。”

“可以说吗？”

“当然可以。”

这顿饭真是没法吃了。

威一郎气鼓鼓地瞪着坐在对面的妻子，妻子稍稍避开了他的目光，坐在两人中间的美佳担心地来回瞧着他俩。

“快说。”

突然，美佳对妈妈说：

“妈妈，借这个机会好好谈谈吧。”

大概是获得了勇气吧，妻子说起来：

“去京都旅游的时候，你还记得吧，那次我背着好多土特产，你也不帮我拿一下，累得我肩膀酸痛……”

“你背不动的话，可以跟我说呀。让我拿，我当然会拿，你什么也没说，我怎么知道。再说，你让我负责拍照片，我哪里想得到拿什么土特产呀？”

“其实你也没给我拍几张照片啊。我说想两个人一起照，你直接拒绝，说不用了。请别人给我们拍照，也都是我去请的……”

确实有这回事，不过，就连请人拍照片这么点儿事，都要让我这个大男人去，也太不像话了。

“你觉得累，直接跟我说不就得了，我可想不到那么多……”

“可是，不管我说什么，你都会发火，对吧？我可不想在旅游的时候跟你吵架。”

“至少，我能做到尽量顺着你呀。”

“没那回事。后来我想去岚山看看，可是你说太累了，回饭店吧……根本不考虑我的感受，自作主张地往回走，对吧？我只好提着那么沉的东西，跟在你后面回饭店去。”

妻子看着女儿，似乎在争取她的赞同。这个时刻，要是仲裁人女儿倒向妻子那边可就麻烦了。

“那天早晨，我们一大早就去了金阁寺好几个景点吧？后来你说还想转转，我只是建议你自己去转，我回饭店休息。你还记得吧？”

“可是……一个人转悠多没意思啊。”

“反正我是累了。”

威一郎以为妻子没话了，没想到她继续说道：

“在旅馆里，你也只是动动嘴，一会儿‘洗澡’，一会儿‘睡觉’的，剩下的都是我干。而且，也不管我，自己一个人先躺在床上，请人来按摩。我还想按摩呢。”

“那你为什么不直说呢？”

“你正在那儿舒服地享受按摩呢，我怎么好意思也按摩呀。那几天，我真是后悔死了，为什么要一起旅游，和在家里有什么两样？”

听到这儿，威一郎觉得妻子的牢骚也不是没来由的，可是，何必现在翻老账呢。威一郎喝了口啤酒，盯着妻子说：

“现在想起发牢骚了，有意思吗？”

“你说得没错。可是，难得你带我去旅游一趟，不高兴我也不敢说呀。”妻子说到这儿喘了口气，“所以说，以后我再也不想和你一起去旅游了。美佳一起去的话，还可以考虑。”

“算了吧，我还不去了，再也不邀请你了。”

这么你一句我一句地吵了起来，妻子似乎也觉得自己的气话说得有点儿过头了。

“你也用不着这么故意气我，因为提到旅游的事，我只不过说说不想去的理由……”

“所以我不是说了吗，我都明白了。”

“好了好了，听我说一句……”

大概是太吃惊了，一直听着没有说话的美佳插嘴道：

“爸爸也不要这样赌气，妈妈也说得有点儿过头了。”

话虽不错，可是，现在就停战的话，他还没有消气呢。

“你不要管我们的事。”他忍不住大声吼道。

妻子安慰女儿说：“美佳，你不要管了。”

威一郎正琢磨她说的“不要管了”是什么意思的时候，女儿突然站起来，说：

“行了，你们俩都别再吵了。”她两手拍着桌子说，“爸爸妈妈都怎么了？你们好好听着，我一回家，总是看见你们俩各忙各的，偶尔在一起也不怎么说话……我回家吃饭的时候，总是以我为谈话的中心，真的很累。”

现实确实像女儿说的那样。但是，他可不想在这儿听女儿的教训。

“你最近也没怎么在家吃晚饭呀。”

“还不是因为回家特别没意思，你们就没意识到吗？这么阴沉沉的地方，谁愿意回来呀。”

作为女儿，居然说出这样的话来，太可气了。

“谁也没请你回来呀，不想回来的话，别回来。”

“我说他爸……”

妻子忙来打圆场，可是已经晚了。美佳大声说道：

“知道了。你们爱怎么样就怎么样，跟我没关系。”

说完，转身走出了客厅。

“美佳，等一等。”

妻子喊道。美佳的身影已经消失在大门外，餐桌前只剩下夫妻俩。

“你怎么能这么说呢？这孩子也是为了我们呀。”

说这废话有什么用。正在气头上，不吐不快嘛。

“是我不好。”他心里这么一想，饭也吃不下去了。

威一郎站起来，想一个人冷静一下，就回自己房间去了。

桌子上放着一杯喝了一半的乌龙茶。

这是去吃晚饭以前喝剩下的，要是把茶喝完，晚一点儿出去的话，就听不到妻子和女儿的那番对话，也就不会引发这场争吵了。

威一郎叹了口气。不过，这并不等于没听到就好了。妻子对自己真有那么多不满的话，早晚有一天会火山爆发的。

与其那样，不如今晚知道得好。

说实在的，他万万没有想到妻子会对自己有这么多不满。趁着退休，自己本打算带她好好游览一下京都，结果却招来这么多埋怨，真是够冤的。

刚才妻子的那些牢骚虽然可以理解，可话说回来，她希望我怎么做，应该直截了当地说出来呀。她全都闷在心里，却一个劲儿抱怨“受不了，累死了”。可我还是不知道该怎么去做啊。

况且，这些都是妻子单方面对自己的想法。是从女人的角度来考虑的，让男人也这么认为是不可能的，也有些任性。

他点点头，把剩下的乌龙茶喝光，想起以前也听到过同样的抱怨。

那是刚刚退休时，他请妻子一起去看电影。

“好久没看电影了，我们去看一场吧，据说现在有老年人优惠票呢。”

威一郎已经过了六十岁，比自己小四岁的妻子还没到六十。不过，一起去看电影的话，两个人都可以买一千元的入场券。

他以为妻子会高兴的，没想到她冷淡地说：“我不想看。”

他吃惊地问为什么。

“你经常不管不顾地打喷嚏。”

“打喷嚏怎么了？”

“前几天，和明子太太一起去看剧，坐在我们前排的是一对和我们差不多年纪的老夫妇。谁知道，当舞台上的女演员正声泪俱下地演到高潮的时候，那个男人打了个大喷嚏。当时，美佳也在旁边听着，忍不住哈哈大笑起来。”

妻子还说：“虽然舞台上的戏剧还继续着，可我们都觉得特别扫兴，好端端的一个剧也没看好。”然后又说：“所以，我们俩就说，我们这个年纪的丈夫是带不出来的。”

当时，美佳嘿嘿地笑着说：“这就叫 KY[1] 吧。”

---

1 日本流行语。表示“缺心眼儿”的意思。

妻子果断地说:“你爸爸他们这一代人,是不会体谅别人心情的。”

威一郎立刻予以回击:“我可不会干那种傻事。”可是妻子说:“也许你没有意识到,你也是经常大声打喷嚏的。”对此,连美佳都表示赞同。

刚才的事虽说跟看剧那次不大一样,不过也有相似之处。

威一郎满以为一起生活这么多年,相互之间是非常信赖的。现在看来,他们夫妻之间根本没有一点儿默契可言。

这怎么可能呢。虽然他也不愿意相信,但今晚吵得这么严重,还把美佳给卷了进来,已证实他们之间是没有默契了。

为什么这么多事情,都在这个时候一股脑儿地冒出来呢?

威一郎在惊讶之余,又一筹莫展,这恐怕是最让他苦恼无助和烦躁不安的事了。

chapter 07

/

空　转

今天是星期日，可一大早就有人按门铃，玄关那边乱哄哄的。

威一郎正在自己房间里看星期日的政治对话节目，心里猜测着，来客人了吗？

不一会儿，传来一个男人的粗嗓门。威一郎走出房间，迎面从玄关刮进来一股冷风。

大门敞开着，这是怎么回事啊？

他正要关上门，听见背后有人说：“请让一让。”

回头一看，两个戴着棒球帽的陌生男人穿着连体工作服，一前一后地抬着一张床。

眼睁睁瞧着他们把床抬出玄关后，威一郎不解地嘟哝道：“怎么回事？”

刚才抬出去的，不用说，是美佳的床。他又仔细一看，走廊那边美佳的房门大开着，门旁边放着两三个纸箱子。

“这是想要干什么呀？”

他不知道发生了什么，去客厅一看，妻子正在往整理箱里放衣物。

“我问你，你知道美佳要搬走吧？”他对着妻子的后背问道。

“知道。”洋子回答着，但手并没有停，连头都没有回。

“我说过不同意的呀。”

他不由得提高了嗓门，妻子把手指伸到嘴上“嘘”了一声：“搬家的人该听见了。”

被搬家的人听见怕什么。重要的是，为什么没有得到我的允许，就突然搬起了家？

“你怎么不拦住她呀？我不是说了不行吗？”

“我当然拦了。”妻子立即冷淡地回答。

“她怎么说？”

“她说还是要搬走……”

女儿前几天也说过想要搬出去住的，最可气的是，居然在我这个当爸爸的不知情的情况下做出这个决定。

“太任性了。”

“这孩子也挺犟的，一旦决定了，谁的话也不听。”

妻子一边说女儿犟，一边又轻易地顺着她，这更让威一郎十分恼怒。

“美佳在哪儿？”

看了看四周，妻子淡然地说：“大概在她的房间……”

这次如果由着这孩子胡来的话，当父亲的脸面就丢尽了。

他立刻朝女儿的房间走去，只见行李已经搬走的房间里空荡荡的，美佳正在角落给一幅画打包。

他还从来没有仔细看过女儿的房间。那是一张男女拥抱的画，好像是一位名叫克里姆特[1]的画家的石版画。

女儿用一块薄布将它覆盖后，忧郁地望着威一郎。

威一郎注视着她的眼睛，问：

“你打算出去单过吗？”

为什么自己稀里糊涂地提出这么个问题，女儿很痛快地答道：

“当然。”

自己闯进女儿的房间，难道就是为了听这个回答吗？但他还是点点头，说：

“那就好……”

二十六岁的女儿，即便有了男朋友也没什么稀奇的。不过，最起码知道她不是因为男人从家里搬出去的了。

确认这一点后，他转身正要离开，看见妻子站在门口。

妻子见他气急败坏地跑到女儿房间，也许是担心他们吵架，所以才跟过来看看吧。

威一郎一眼都不看她，直接回自己的房间去了。

在自己房间里，他气哼哼地坐在椅子上，抱起了胳膊。

刚才去女儿房间的时候，他本想训斥女儿一顿，责问她为什么瞒着自己搬走。可是一看见女儿，就什么也说不出来了。

为什么会这样呢？大概是觉得既然已经搬到这个程度，拦也拦不住了吧，或者是觉得即使反对，女儿也不会听吧。

1　古斯塔夫·克里姆特（Gustav Klimt，1862—1918），奥地利画家，他把亚述、希腊和拜占庭镶嵌画的装饰趣味引入绘画中，以其独特的绘画风格震惊世界。

不管什么理由，作为父亲，对女儿搬走若不能坚决反对，便是威严扫地。

他心里很不舒服，拿起桌上的报纸，茫然地瞧着。这时，妻子和女儿一起走了进来。

她们干什么来了？他也懒得问，继续看报纸。女儿突然低下头，说：

“我太任性了，对不起。”

看来她也知道自己做得不对了。虽说她意识到这一点，来向自己道歉，这一点很难得，但自己也绝不能马上给她好脸色看。

威一郎沉默了一会儿，对她说：

“我告诉你，我不知道你为什么非要搬出去住，反正我没有同意，你要明白这一点。”

妻子赶忙说：“孩子他爸……”

她大概是想提醒他，孩子已经来道歉了，何必还这么指责她呢。

“嗯……”

威一郎只好点了点头，女儿一扭头走出去了。

看着女儿出去后，妻子说：

“我现在和美佳一起去她新租的地方。”

“什么……”

威一郎这下慌了神儿，把手里的报纸往桌子上一放。

“我得去帮着她收拾收拾行李和房间呀。”

没想到她们俩事先已经计划好了。

“是她自己要搬出去的，用得着你特意去帮她收拾吗？”

“可是，美佳明天还要上班，一个人收拾太累了。”

话是不错，可是威一郎还是没有消气。

“那孩子，什么时候决定搬出去的？”

“好像早就决定了。你不记得除夕夜的时候，她说过‘想租房子’了吗？”

“我没有同意啊。”

“可是，那天你俩吵嘴的时候，你不是发话，不想回家就干脆别回来吗？所以后来她就开始找房子了。”

好像是有这么回事。可是，因为一句话她就开始找房子，动作也太快了吧，应该说太任性了。

“房子在什么地方？”

“公司附近的八丁堀，一个小巧玲珑的公寓里的 1LDK[1]。”

“你去看过了？”

“不去看看，不放心哪。”

真是无微不至，到底是母女啊。原来就自己一个人被蒙在鼓里，这让他更郁闷了。

“房租多少？她有钱吗？”

“当然是她自己出了。”

“她向你要钱，也不要给。”

这种时候，才有必要强调一下自己已退休，没有收入。

“放心吧，那孩子好像当领导了。”

“哪儿的？”

“当然是公司的了，是个小部门的。所以，工作特别忙，住得离公司近点儿也没什么不好的。”

1 一居室的单元房。

“原来你是她的后援啊。”

“女儿愿意这样，有什么不可以的呀？”

妻子点点头，离开了房间。

看样子，女儿和妻子早就一起商量着来办这件事了。既然如此，跟我直说不就可以了。想到自己一个人被排除在外，他心里很不是滋味。

“随你们的便吧。”

他不禁说道。两个人走后，房间里就像什么也没发生过似的，很快就恢复了平静。

虽然女儿美佳搬出去了，但家里并没有太大的变化。

这也很正常。女儿即使在家住，也是早出晚归，在家里也就睡个觉。当然，她早上要化妆、打扮，晚上要吃晚饭、泡澡等等，但是威一郎很少看到她。

也就是周六或周日能见到面，说几句话。

表面上似乎没有什么不同，但女儿在家里住和不在家里住，他的心情却大不一样。

一想到女儿在家，就觉得有人气儿，即便偶尔才能见到她，也感觉心情很舒畅。

在这一点上，妻子的感受可能更强烈一些。其实，他最担心的还是和妻子的关系。

以往和妻子一发生冲突，都是女儿从中调解，平息事态。

可是，从今往后，夫妻俩吵起来怎么办呢？没有人来劝架或调解的话，事态只能越来越严重，甚至不可收拾。

当然，两人都上年纪了，也不至于大吵大闹。但是，只要一方不说话，势必会在一个屋檐下成天忧郁度日。

尤其是最近，妻子日益跋扈起来，说话的口气越来越横了，谁知道将来会发展到什么地步呢？

万一真的发生什么事，女儿要是在家还好办些。

就算她多数时候都帮着她妈，可一想到有人会来调解，他就不觉得紧张了。

以后的日子会怎么样呢？一想到这儿，他就惴惴不安起来。可事到如今，发愁也解决不了问题。

既然女儿不在家住了，以后要尽量避免跟妻子吵架了。

为此该做些什么呢？威一郎思考了一会儿，自语着点点头。

“以后对妻子温柔一些吧。”

不要再像以前那样耍丈夫的威风，要经常帮着她做家务。这是女儿给自己提的意见，那就从现在开始做吧。

可是，他一时又想不起来做什么好。要说对她温柔一些，以前也一直对她很温柔。无论工作多么忙，每个月都按时上交工资，从不给妻子的精神造成不安，这本就是最大的温柔了。

现在说这些也没有用。女儿的意思是，要自己帮着妻子做些事情。可帮她做什么呢？

思索了一会儿，威一郎有了主意。

“对，就给她做一顿寿司盖饭吧。”

以前，当学生的时候，他在神田的一家寿司店里打过工。回想起那时候的事，他恍惚觉得，即使现在让自己做出像样的寿司也很简单。

妻子总是唠叨“一天三顿饭，真是累死人”。所以，我给她做寿司吃的话，她一定会高兴的。

“就这样……”

威一郎轻轻说道。

第二天，一吃完早饭，威一郎就对妻子宣布：

“今天我来给你做一顿寿司。”

洋子的眼睛一下子瞪得圆圆的，怀疑地问：

“这么突然，怎么了？”

“也不是……”

威一郎不好意思地笑了一下，对妻子说道：

“你别看我现在这样，当学生的时候，我还在神田的寿司店里打过工呢。以后我经常给你做，你也休息休息。”

“哟，今天这是刮的什么风啊？”

洋子嘴上讥讽地说，表情却显得很高兴。

的确，这三十多年来，威一郎一直都是吃现成的，一次也没有做过饭。

这回自己主动要求做饭，妻子吃惊也在情理之中的。

“下午去超市采购，你跟我一起去吧。”

“好的，好的。”

妻子夸张地点点头，似乎没有恶意。

下午三点，威一郎和妻子一起去了车站前的超市。虽说没有太多东西要买，还是怕万一拿不动，就开车去了。

威一郎一发动汽车，便响起了妻子以前放的一盘滚石乐队光碟的曲子，妻子立刻跟着哼了起来。

一听到这首曲子，和妻子之间的所有不愉快仿佛都一点点烟消云散了。

威一郎把车停在了超市的停车场，和妻子并肩走进了超市。

不知多少年没有这样一起来买东西了。不，应该是几十年了。妻子麻利地把筐放进购物车里，威一郎跟在她后面。

还不到傍晚，超市里已经有很多人了。以主妇居多，也能不时看见像威一郎一样年纪的男性，这下他放了心。

妻子瞧着货架慢慢走着，走到蔬菜区时，她一样接一样地往筐里扔菜。

威一郎看见今天晚上不吃的菜也被装了进去。

“这个不要。”

威一郎正要往外拿，妻子推开他的手说：“需要才买的，你不要管。”

“可是，多浪费呀，你不是老念叨不要乱花钱吗？”

“吃的东西，我都不能做主吗？”

“你何必这么小题大做呢？”

“那就请你闭上嘴。”

妻子厌烦地扭过脸去，一边朝着收银台的方向走，一边说：“买得差不多了，出去吧。”

“什么人哪……”

这回连去超市购物都没有了乐趣。他悻悻地回到停车场，坐到了司机座位上。妻子却拿着购物袋坐到后排去了。

她的意思不就是告诉你，不想和你并排坐吗？

没见过这么小气的家伙。威一郎一边想着，一边发动了汽车。

回家后，威一郎带着小太郎出去遛了一圈。然后稍稍休息了一会儿。四点多开始，他就去厨房做饭。

现在开始准备的话，六点就可以吃上饭了。

他想先淘米，就寻找起储米罐来。

正如他猜想的那样，在水槽的下面。他拿着盆去摁按钮，却不知道该摁哪个。

他想问问妻子，可是，她一直在打电话，不时发出哈哈哈的笑声，然后又没完没了地聊下去。

“真不像话。”

每次要跟她说话的时候，她准在打电话，而且也不知她是不是故意的，一聊起来就没完没了。

“难得我主动提出想要给她做寿司，她该积极一点儿啊。”

他差点儿想要喊她，但还是努力忍住了，按下了二合[1]的按钮。

顿时，“哗”的一声，大米流了出来。这是几个人吃的量，他心里根本不知道。

这会儿他哪里还顾得了这些。

他把接出来的米倒进盆里，卷起衣袖，接水淘米。

妻子的电话还在继续着。

“到底想打到什么时候？”

从开始打电话算起，已经快三十分钟了。

1　合：日本容量单位，一合等于0.1升。

“还有完没完哪。”他真想冲她发火，可是，这么一嚷嚷，今天晚上这顿饭就白做了。

现在只有忍着气做寿司了。这么想着，他把淘好的米倒进了笊篱里。

学生时代他的确在寿司店里打过一年工，可他当时干的活儿都是送餐或刷洗寿司桶，并没有亲手做过寿司，只是在操作间里看厨师们做过。

他也没有做过其他像样的菜肴，到底能不能做出寿司来，他心里还真没有底。

可是，已经对妻子夸下了海口，今晚无论如何也得做出来给她瞧瞧。

今天早上，威一郎在网上查了查寿司盖饭的做法。

没想到检索出了好多关于寿司盖饭的烹饪法，上面都有详细的说明，即所需要的材料和制作顺序。

大致看了一遍，他心里有了底，将这些说明打印出来，悄悄塞进了裤兜里。

做法总算有了，问题是制作时所需的工具。

首先需要寿司桶。他在厨房的顶柜里和水槽下面都找了，就是没有找到。

还是得问洋子。去客厅一看，妻子一边玩弄着电话线，一边满面笑容地聊得正起劲。

“真可以……”

他快步走到她旁边，啧啧地咂着舌头，妻子这才突然意识到了似的，她一只手捂住话筒，朝威一郎转过身来，瞪着他问：“什么事啊？”

被她的锐利目光所震慑，他压低了声音问：“那个，寿司桶放哪儿了？”

“碗橱里右边架子上。”

妻子飞快地说完，又背过身去，接着聊起来。

人家好不容易给她做一次寿司，这叫什么态度呀。

“谁来的电话？”他忍不住粗声粗气地问。

妻子慌忙用手遮着话筒，说：“对不起，现在有点儿事，改天联系啊。”

妻子终于挂断了马拉松式的电话。威一郎对着满脸不高兴的妻子说：

“你这电话打算打到什么时候啊？”

“是高岸太太打来的，好久没有联系了……”

“你也看着点儿时间行不行，都打三十多分钟了。”

“那又怎么了，今天晚上不是你做饭吗？”

“那也不能这么没完没了地说废话呀。就因为你说每天做饭太累，我才给你做的。”

“你要找寿司桶吧？”洋子猛然一转身，朝着碗橱走去。

威一郎跟在妻子后面，她从碗橱的右边拿出寿司桶，放在水槽里，以命令的口吻说：“洗完了之后再用。”

没办法，威一郎只好自己摘豌豆，削黄瓜皮。可能是不习惯用菜刀，比预想的费时间。

泡发葫芦条和香菇的时间，烹饪法里没有写明，没想到还挺费时间的。做蛋丝时，他也不清楚该往平底锅里打几个鸡蛋，结果摊得像煎蛋卷那么厚。

他把锅放在煤气炉上面，想要做汤，却不知道什么时候往锅里放汤料合适。

锅里的水哗哗地开着，闻到了一股焦煳味儿。

“喂。”喊了一声，没人答应。

“喂，洋子。”他用更大的声音又喊了一次。妻子答应着，终于在厨房露了面。

“鲣鱼的调料什么时候往锅里放啊？”

“现在可以放了。”

妻子拿过威一郎手里的那袋调料，一边一股脑儿倒进沸腾的锅里，一边瞧着盆里的黄瓜，发出指示：“这个该榨汁了。”

突然，听见“嘶”的一声，一看煤气炉，从锅里漾出来的汤流到了火上。

“快关火呀，真是……”妻子叹着气，“哎哟，米饭还没做呀？”

“做寿司的米饭硬一点儿好，淘完米后，得在笊篱里放一个小时左右。”

“可是，饭蒸好了之后，要倒进桶里，还要拌上调和醋，再晾凉呀。像你这样慢腾腾地，几点才能吃上啊？”

“我是按程序做的呀。”

威一郎一边不服气地反驳着，一边把笊篱里的米放进电饭煲。

电饭煲的液晶显示屏有“软”“硬”“稀”等几挡，他不知道该按哪个。

“喂。”他再一次喊起来。

“我来，我来。”妻子跑过来，不耐烦地按了按钮。电饭煲立刻发出“嘟”的一声，启动了。

威一郎刚刚松了口气，妻子又发出新的指令：

“你别站着，该用余下的汤煮葫芦丝和香菇……”

“啊，我知道。”

被洋子这么吆来喝去，他心里直冒火。

“看这样子，还得好长时间呢。今天晚上就别吃寿司盖饭了，吃点儿简单的自助餐吧。寿司卷怎么样？”

人家都做了这么半天了，胡说什么呢。

“不用，来得及。你把生姜给我拿来。”

洋子不乐意地打开冰箱，拿出装着红生姜的塑料盒，又瞧了瞧冰箱里面，说：

“哟，真是的，虾还没有收拾呢。”

“废话……这么多活儿，我一下子干得过来吗？你要是嫌慢，就帮我一下吧。”

洋子满脸不悦地收拾起虾来。

最终，那天晚上，吃上威一郎做的寿司盖饭时，已经八点多了。

也就是说，从头至尾，他一共花费了近四个小时。

做了半天，一眨眼的工夫就吃完了，做饭可真是费工夫啊。

威一郎心里一边感叹着，一边吃着寿司。洋子一直板着脸吃着。

“怎么样，你知道我也会做饭了吧？”

威一郎以为会得到一句称赞的话，回答却完全出乎他的意料。

“知道了，不过，以后还是请你不要做饭了。”

什么意思啊，威一郎正要问，妻子把脸扭向厨房说：

“你自认为是给我做饭，可是，你瞧瞧厨房吧。”

他回头看去，水槽里堆着锅碗瓢盆，案板上一片狼藉。妻子大概是不满意自己的领地被搞得一塌糊涂吧。

“而且，你的裤子也湿了。”

低头一瞧，自己的裤子被水溅得湿了一大片。威一郎赶紧用手绢擦拭着，对妻子说：

“这些活儿我没有干习惯，没什么可奇怪的。”

“你的心意我领了。不过，只是自我满足罢了……”

居然说出这种话来，威一郎吃了一惊，妻子不依不饶地往下说：

“一会儿盐在哪儿、醋在哪儿，一会儿拿扇子给我扇扇。我就得一直围着你转吗？与其这样，还不如我自己做饭舒坦呢。”说到这儿，妻子又朝水槽一扭脸，“而且，最后还得我来收拾这个烂摊子。”

本以为她终于发完了牢骚，谁知又补了一句：

“早上抱的期望有多大，现在的失望就有多大。”

听到这儿，威一郎再也忍不住了：“够了，我自己收拾总可以了吧。”

“算了吧，我刚才不是说以后就免了吗？我一个人干倒省心一点儿。你还是像以前那样，在你房间里歇着吧。”

妻子站起来，一个接一个地拿起桌子上的碟子，往托盘上放。

如此说来，花了四个小时做的寿司算是白做了。

妻子的态度冷冰冰的，不仅仅是因为给她添了麻烦，恐怕是对我做饭本身不满意吧。

“我就那么让你讨厌吗？”

他按捺不住，大声问道。妻子仿佛没听见似的，默默地洗着厨房里堆着的锅碗瓢盆。

妻子不耐烦地洗着碗，餐具碰到水槽发出乒乒乓乓的响声，就像在打镲似的，坐在客厅里都听得清清楚楚。威一郎的心情也随之更加阴郁起来。

chapter 08

/

出　走

多年以来，威一郎一心放在工作上，没能为妻子做过什么。退休以后，有了时间，也是在家里当甩手掌柜，几乎没有帮着做过家务。

这样的状态持续了一年多，他觉得应该安慰一下越来越神经兮兮的妻子。于是，想露一手给妻子瞧瞧，好让她安心。

出于这番考虑，才豁出去做这顿寿司盖饭的，谁想到费力不讨好。

很明显，这次冲突已不仅仅是意见不一致，而是一次吵架，是一场战斗。

这一点，只要看一看在厨房里发疯似的乒乒乓乓地洗餐具的妻子那紧绷的侧脸就知道了。

对在气头上的妻子，到底说什么才能让她消气呢？现在应该好好安慰安慰她呢，还是老老实实低头认错呢？

按理说，自己并没有特别做错什么呀。对于因为堆了一水池餐具就这么生气的妻子，有必要认错吗？

当然了，妻子要是让自己认错，那就认个错也罢，可这样做只能使妻子更加得寸进尺。

“不管怎么说……”他正嘀咕着，只听妻子背对着他说：

“你是不是对我不放心哪？”

他不明白她想说什么，站着没动，妻子接着说：

“就拿今天的电话来说吧，我觉得我就像二十四小时被你监视着似的，特别不自在。”

自己确实抱怨过妻子打电话，因为打的时间太长了。一般十分钟就能说完的事，非要说三十分钟，甚至更长。说她两句又怎么了。

他刚想回嘴，妻子转过身来，对他说：

“你已经退休了，应该开始新的生活。”

“用不着你告诉我。”

“不对……”妻子坚决地摇摇头，“你只是嘴上说，其实根本不知道。”

妻子不容置喙地说道，威一郎听得瞠目结舌。妻子很平静地继续说：

“在公司里的时候，你是负责人，对下属颐指气使的。不过，我不是你的下属。在家里，你对我也要这套唯我独尊，那是不可能的。”

“唯我独尊……”

突然冒出了这么个词，令威一郎哭笑不得。

“干吗用这么难的词啊？”

“请不要转移话题。因为我不想再跟你吵这种无聊的架了。所以，我跟你说过很多次了，请你再找份工作好不好？”

又来了，威一郎扭头坐在了沙发上。

他不是不想工作，可是没有适合他的工作啊。她明知道这一点，还说话这么蛮横，这么不体谅人，真是不可理喻。

他恨不得回她一句“烦死人了”来了事。可是，气是出了，闹僵就惨了。威一郎克制着恼怒的心情，反问道：

“这么说……你是不希望我在家里待着了？”

本以为妻子会退让一步，没想到她却得寸进尺了。

“你退休以后，我也一直在努力适应我们现在的生活。所以让你去遛狗，一起去超市买东西……我总是尽量待在家里，朋友找我出去也尽可能拒绝。刚才高岸太太在电话里还说，最近总见不到我出去呢。”

“你那么想出去，就出去好了。”

“那怎么可能？每次回来，都被你质问‘去哪儿了’‘都几点了，怎么才回来’，等等。一想到你在家，出门也心神不定的，根本不可能痛快地散心。”

妻子这么坦率地发牢骚还真是罕见。从什么时候开始她学得这么强硬了呢？威一郎半是吃惊，半是钦佩。这时妻子的语调突然平缓下来：

“不过，我总算明白了，不可能的……”

什么不可能啊，威一郎抬起头来。妻子点点头说：

“难道不是吗？到了这个年纪，三十五年的婚姻生活，要想一百八十度地改变它，实在太难了。这是不可能的，我终于认识到了。”

妻子进一步说服自己似的说道：

“你退休已经快三年了吧，最近图书馆和书店都去腻了吧。可能的话，我也想回到以前那样的生活去。况且，我们的身体还都不错，这么早就进入年金生活也太可惜了……我不想过这么紧巴的日子，还能像以前那样多好啊。”

那么，到底想怎么样呢？真是搞不懂，老夫老妻之间还有必要这么拐弯抹角的。

“我明白了，不用说了。”

“不行。”突然妻子打断了他的话，“你就是这样，一遇到事就逃避。能不能多少做出点儿努力呀？”

今天妻子显得格外固执。威一郎露出厌烦的表情，妻子还是不依不饶。

“就拿工作来说，如果真有心的话，怎么可能找不到合适的呢？”

“我也找了好多地方，可是，你也知道找不到呀。”

“不挑挑拣拣的话，当然有了。”

“那么，我去附近的超市停车场，穿着蓝色工作服指挥车辆，你也无所谓吗？”

“当然，我根本无所谓。要是我的话，比起面子和自尊心来，优先考虑的是工作。”

“喂……”威一郎大声叫道，“现在这样的生活不是很好吗？我现在不想工作。让我去干那些活儿，还不如让我死了算了。”

本来每天看她的脸色，已经是忍气吞声地过日子了，不能再被她指挥得团团转，受其摆布了。

威一郎不想再看妻子的脸色了，啧了一声，拿起报纸，翻开看起来。

“我知道了……”在寂静的沉默中，妻子突然冷冷地说道，“那么，你的意思是可以照现在这样生活下去喽？”

这种问题完全没有必要回答，他继续沉默着。妻子断然说道：

“整天吵架的日子我一天也过不下去了，我想搬出去住。”

“什么……”

他不禁放下了手里的报纸。妻子看着露台说道：

“我真是受够了，这样下去生活还有什么意义。我去美佳那儿住些日子，好好想一想。”

“胡说什么，去美佳那儿住，亏你想得出来。”

妻子不理睬威一郎，径自走了出去。

“喂，洋子，喂……”

他慌忙站起来，但妻子已经进了她的房间。

“爱怎么着就怎么着吧。”

他小声说道。小太郎安慰他似的，“汪”地叫了一声。

令洋子烦躁的最大原因，似乎是丈夫的工作没有着落。

老公不工作，整天在家里闲待着，早中晚要吃三顿饭，还要监视妻子的一举一动。老公虽然并不觉得是在监视，可老婆偏这么觉得，变得越来越神经质，终于导致了今天因做寿司引发的吵架。

说实话，他完全没有料到会弄到这步田地。不过，仔细想想，也是事出有因吧。

这也是早晚的事。在《丈夫居家，妻子精神紧张综合征》这篇报道中，可以看到相似的情况。

“夫妻之间因鸡毛蒜皮的小事而发生激烈争吵，以至于夫妻分居的情况很多。”这种情况竟然发生在自己身上了。

作为对策，建议“夫妻分开一段时间，冷静一下”。可见，在这种胶着的时候，分开生活一段时间也许不完全是坏事。

威一郎觉得说得有道理，可是，具体到现实中，最为难的还是自己。首先，早中晚三顿饭谁做呢？还有打扫房间和洗衣服，就连想喝口茶或者喝咖啡，都要自己动手了。最麻烦的还是小太郎。遛狗不用说了，每天还得给它准备狗粮呢。

这么多活儿，自己一个人干得了吗？

他觉得，当务之急还是要尽量挽留妻子，可是事情已经到了这个地步，自己怎么能够示弱呢？如果到了这个份儿上再低头认输，那么在妻子面前，这辈子都别想再抬起头来了。

不管多么难，也必须坦然面对。

现在洋子在干什么呢？

刚才她说要“搬出去”，躲进自己房间里去了，也许会改变主意吧。她虽然嘴上这么说，一旦真的做起来，还是很难下这个决心的。

估计应该还在她的房间里，去瞧瞧看吧。

威一郎站起来，穿过客厅，刚走到妻子的房门外，就看见穿着大衣、手里拎着一个大提包的妻子，开门走出来。

“这到底是怎么回事啊？”

他不禁问道。洋子径直朝玄关走去。

“喂，你想干什么呀？”

“搬走啊。”

“你真搬呀？”

他追问道。洋子一边穿鞋，一边慢慢回头说道：

“我去美佳那儿待几天。”

“那，什么时候回来？”

“不知道。”

“什么不知道……”

他刚嚷嚷了一半，“砰”的一声，妻子关上门走了。

他想马上追出去，可是转念一想，现在去追的话，也许会碰上同公寓里的人，让人家看见自己和妻子争执，也太没面子了。

现在只能眼睁睁地看着她走。可是，他实在气不过，冲着大门喊道：“随你的便吧。”

小太郎担心地走过来，“汪汪”叫了两声。

看看墙上的挂钟，已经晚上十点了。

三点去买东西，四点开始做寿司，八点多才吃上晚饭。饭后，又因为厨房里被自己弄得一塌糊涂而吵架。经过一番争执，妻子扬言要“搬出去”并付诸行动。折腾这么长时间了，可不得十点了。

以后该怎么办呢？他抱着胳膊琢磨，却想不出一个好办法。

他扭头一看，旁边的小太郎正担心地瞅着他。

也难怪，刚才那么大声吵架，它肯定知道发生了不寻常的事了。

威一郎歪歪头，小太郎也跟着歪歪头。

唉，太可爱了。他朝它一招手，小太郎立刻轻轻跳上沙发，坐在威一郎腿边。

“这么说你也担心呀？”

他慢慢抚摩着小太郎的脑袋，它好像放心似的闭上眼睛。

“你也跟我一样啊……”

现在家里只剩下自己和小太郎了。儿子、女儿和妻子都走了。

“我们怎么办呢？”

问小太郎，也不会回答他什么。

“好了，我们睡觉吧。”

反正，今天晚上只能和小太郎一起睡觉了。

第二天，威一郎醒来的时候是五点半。

他去了趟厕所，尿着尿，想起了昨天晚上妻子出走的事。

他也懒得多想，回到床上接着睡。七点多，手机的铃声吵醒了他。

这个时候，是谁的电话呢？一看显示屏是“美佳”，他马上摁了通话键，美佳响亮的声音立刻传了过来。

“早上好，爸爸。还没起床？”

“嗯……”

“妈妈在我这儿，你放心吧。”

洋子说过她去美佳那儿，他并不吃惊。看来，美佳是为了让自己放心才打电话来的。

“是吗……”

“有什么事就跟我说啊，我不会不理你的。”

有女儿担心自己也不错。

“谢谢了。”

他不由自主地道了谢，美佳顿了顿说：

“那我去上班了。”

“等一下。”

威一郎慌忙抓紧了手机。

“那个……”他犹豫片刻，终于鼓起勇气说道，“我需要钱。”

“钱？”

“你妈掌管着所有的钱呢，我现在买东西都没钱。”

女儿好像觉得有些意外，嘀咕道：“这样啊……”然后说道，“我知道了。今天傍晚我再给你打电话。”

威一郎挂了电话，把手机放在床头柜上，又从包里拿出钱包翻了翻，看里面还有多少钱。

果然只有一万元左右了。以后一个人吃饭的话，还真是不够花的。要是收报费的来了，钱一下子就没了。

“既然老婆走了，我就得管家了……”

到了现在，威一郎才想起提醒自己。

接完美佳的电话，威一郎完全清醒了。现在该干什么呢？虽然也考虑了一下去哪儿消磨时间，不过，现在妻子不在家了，自己一天都待在家里也没人管了。

从这一点来看，妻子不在也蛮不错的。只是三顿饭是个问题。从今天开始就没有妻子给自己做饭了，一切都得自己动手。

可是，做一个人的饭也挺费事的，还不如去附近的便利店，买点儿什么吃的回来好。

威一郎看完了早间综合播报，就带着无精打采的小太郎出了门。

像往常那样去了趟河边后，就去了车站附近的便利店，买了饭团和荞麦面条、啤酒下酒菜、火腿、肉肠。

这些就够自己一天吃的了，可是，明天怎么办呢？

这么一想，他又忧郁起来了。

管他呢，先享受一下妻子不在家的乐趣吧。

威一郎看电视看到中午，到了下午，又闲得没事干了，便去了涩谷的图书馆。

照这样子的话，妻子不在家也没什么大不了的。不过，可去的就这么几个地方。不用和妻子废话这一点，倒是轻松了，可是说寂寞也真寂寞。

威一郎再次感到，退休之后的自己非但无事可干，没有可去的地方，还没有说话的人。

“不能再这样下去了，否则你只能老得更快喽。”

他对自己说着，却不知道该干什么。

以自己现在的情形来看，只能说明六十岁退休的确是太早了。在这个年龄被突然剥夺了工作，就仿佛被宣判终身监禁，关进了监狱里一样。

把还能工作的上班族直接抛进这样的状态，是个值得考虑的问题。

六十岁退休之所以是个问题，是因为这个年龄的人的身体还没有衰老。以前的人姑且不论，现在的人到了六十岁还健康得很，所以待在家里就很难受了。

有没有什么办法可以逃离这个苦海呢？思来想去，自己是已经退了休的人，想也是白想。

威一郎百无聊赖地回到房间，拿起《怎样度过晚年》这本书。

这本书是他一个星期之前在书店里随手买来的。可是，一拿起书来，就觉得自己真的老了一样，又不想看了。

不过，现在这个时候，还是看看为好。

他躺在床上看起来。“孤独会引起疾病”映入他的眼帘。

这是怎么回事？他仔细看了下去。

“人一退休，失去了工作和朋友，孤独感会增强，往往从退休后第四五个年头开始，就会渐渐出现一些病症，例如高血压、心脏病、糖尿病，甚至各种各样的癌症。”

他原以为退休后就能随心所欲、悠游自在了，对健康是有好处的，谁想到反而容易得病啊。他接着看下去。

“社会已经不再需要自己，没有说话的朋友，这种孤独感会引发疾病。”

“整天闷闷不乐，这种忧郁的心态会导致血液循环不畅而得病。”

“说得有道理。”

威一郎这一年半来，确实感到健康状况有所下降。也说不上哪儿不舒服，只是觉得全身有种沉重感。

也许这就是得病的预兆吧。

“现在更应该多运动。”

威一郎站起来，伸展两只胳膊，踮起脚尖，突然踉跄了一下。

“唉，真不行了。”

身体变得僵硬。这样下去可不行，他一边想着，一边再次翻开书，看见“要追求自己喜欢的东西”为题的一个章节。

他对这个题目很感兴趣，继续看了下去。

“无论是新的工作，还是兴趣爱好，或是女人，凡是喜欢的东西都要去追求。”

“女人啊……”

威一郎喃喃自语道。

说起来，这方面被他淡忘已久了。

当然也不算很久。直到退休前，自己还经常出入银座的“真琴”俱乐部，和老板娘发展到不一般的关系呢。在公司里，他在秘书科的女孩子们中也很有人气，每到情人节的时候，都会收获十几块巧克力，还经常和她们出去吃饭、喝酒。

当时，自己在公司里也是相当活跃的，可现在连当年的影子都看不见了。

“一定得打起精神来才行……”他不禁说出口来。

威一郎打了一会儿盹儿。到了傍晚，他一边吃着早上买回来的荞麦面条，喝着兑水威士忌，一边看电视。

突然听见开门的声音，去玄关一看，是美佳穿着白色外衣站在那儿。

“你怎么来了？”

“担心爸爸是不是还活着，来看看呗。”

“什么还活着……”

这孩子，瞎说什么哪。他觉得昏暗的房间里就像点亮了一盏二百瓦灯泡似的，刹那间明亮了起来。

“嗯，还不错，挺有精神头的。”

“那还用说吗。”

“小太郎，你能吃上饭吗？”

美佳一边抚摩着跑过来的小太郎的头，一边从包里拿出一张纸。

“这是妈妈给你的，是狗粮的牌子，不是这个牌子它不吃，妈妈说让你给它买。”

什么意思！狗粮比我的饭还重要吗？他真想问这么一句，可是对美佳说这个也是白费。

“你妈妈怎么样啊？”

“挺好的。我的房间还没有收拾，她在帮我收拾呢。”

“她什么时候回来？”

美佳立刻摇摇头，说：

“昨天你们不是吵了一架吗？我估计她暂时还不想回来。啊，所以就……”

美佳又一次打开皮包，从里面拿出一个白色信封。

“这是什么？”

“大概是你近期的生活费吧，妈妈其实也挺担心你的。”

今天早上，自己在电话里对美佳说了没有钱的事，所以给他拿来的吧。

虽说妻子的心情可以理解，不过，说到底是自己挣的钱。她居然还装模作样地装在信封里，让女儿送来，真是瞎嘚瑟，这不是气人吗？

“好了，我放心了。我走了。”

“这就回去吗？”

“这么晚了，再说妈妈还等着我呢。”

他真想问问美佳，爸爸和妈妈谁更重要啊。

“改天见，爸爸。注意身体，有事打电话。”美佳说完就走了。

这叫什么孩子啊，一阵风似的说来就来，说走就走，一会儿都待不住。好在手里有了钱，威一郎稍稍放心了些。

妻子出走以后，威一郎在小本子里的日历上每天画个圈。

到了第三天，威一郎下决心往女儿的手机里打了个电话。

“爸爸，怎么了？”

“你妈在吗？”

他当然知道洋子的手机号码，就是不想直接给她打。等了一会儿，妻子的声音时隔三天后传了过来：

“什么事啊？”

一副公事公办的腔调，令威一郎心里直往上蹿火，可又敢怒不敢言。

“我的存款折子在哪儿？”

“怎么突然问这个？”

妻子似乎也吃了一惊。

“反正你得把折子和印章给我。”

“这么着急，干什么用啊？”

“你不要打听，马上给我。”

妻子冷冷地回答：

“知道了，明天我回去。”

威一郎总算占了上风，挂了电话。

妻子回家是事先约好的第四天下午。

威一郎正在自己的房间里看书时，听见小太郎叫起来，他出去一看，妻子回来了。

“是我。”

妻子说完就进了自己屋。

过了三十分钟，威一郎也不见她来自己房间，去客厅一看，妻子在厨房里。

“喂，给我杯水。”

妻子转过身，不一会儿，端着放了一杯水的小托盘进来了。

“我大致收拾了一下，真够脏的。”

净说废话，家里没有女人，还能不脏吗？

这回妻子好像打算回来住了，看来还是跟她要存折管用啊。她肯定意识到他一个人是没法生活的。

“你说走就走……”

他刚要教训她，妻子慢悠悠地摇摇头，说：

“我并没有打算搬回来。”

“什么意思？”

他粗声粗气地问。妻子瞧着沙发旁边的藏蓝色旅行箱说道：

“我只是回来取一下衣服和日用品。”

“什么？你还要走吗？”

“是啊。美佳也需要我帮她料理家务。”

“那我怎么办呢？”威一郎没有把这话说出来，临时改口道：“那你打算什么时候回来呢？”

“不知道。”

他真想抬手给她一巴掌，可是，一使用武力就等于自己输了。他强压怒火，不客气地对她说：

“既然你这么打算，那就随你的便吧。不过，把钱留下再走。”

洋子立刻从手提包里拿出了黄色的存折和印章，放在桌子上。

威一郎默默打开一看，是银行的存折。

“还有呢？”

“那些在银行的保险柜里。”

“钥匙呢？”

“不能给你。”

“什么……”

他喊道，妻子咧嘴一笑，说：

“请不要激动。目前这些钱足够你花的了。而且，美佳的公寓比想象的还小，需要添置不少东西，所以可能还要花些钱。”

“你用不着把她照顾得那么周到。说到底，是美佳自己要搬走的。”

“可是，女孩子也不容易啊。”

威一郎眼前浮现出，妻子走后第二天，担心自己回家来的美佳，觉得也是无可奈何的事。

“你没意见吧？”

妻子站起来，她已经看透了变得越来越软弱的丈夫。

“还有，睡午觉没有关系，请你一定要注意关火。”

威一郎假装没听见，背过身去。妻子拉着箱子走出了房间，只剩下小太郎不停地大声叫唤着。

chapter 09

/

转换

就这样，女儿走了以后，妻子也紧跟着走了，家里现在只剩下小太郎和自己做伴了。

威一郎歪着头，对着蜷缩在寂静无声的屋角的小太郎问道：“怎么办？”

作为狗，小太郎虽然不会说话，但它似乎已经意识到了事态的严重性。

它带着寂寞神情轻轻地走近威一郎，抬起头看着他的脸，然后“嗖”地跳上了沙发，依偎在他身边。

“看来你也在担心哪……”威一郎抚摩着小太郎的背，对它说，“没事，不要紧的。”

一个人确实是寂寞，不过，也不至于活不下去。

现在待在有空调的房间里，吃得饱饱的，什么时候想喝啤酒就什么时候喝。困了的话，随时可以躺在宽大柔软的床上睡觉。

虽说要干点儿打扫房间或洗碗筷之类的家务活儿，但这点儿活儿还不算什么，不会觉得有什么特别不便的。

况且一想到总是抱怨，搞得自己神经紧张的妻子不在家里，自己可以自由自在的，他的心情也就舒畅了许多。

“你说是吧？”威一郎对小太郎点点头，拿起放在桌上的存折。

他记得妻子分别在两个银行开了户头，这个存折只是其中之一。

他打开存折，里面的存款总额近百万元。家里存款远远不止这些，另一个存折里除了以前的存款外，再加上未纳入企业年金的退休金，钱数要比这个多得多。这么说，那个存折还是打算由她自己保管了？

不管怎么说，妻子都是个矫情的女人，似乎有点儿不可理喻。不过，要是从妻子手里把存折拿过来自己管钱的话，肯定会因为闲得没事干而买股票，那将遭受巨大的损失。

这么一想，不用说，幸亏让妻子管钱，才没有遭受那样的损失。

有了这些钱，暂时就不用发愁了。其实有了钱，自己也不会马上就花掉，只是觉得终于有点儿底气了。

回想起以前把工资和分红都毫无保留地全数交给妻子，真是大错特错了。

每个月的工资是由公司直接打到自己的银行户头里的，所以就没怎么在意。其实，这就等于将收入全都置于妻子的掌控之下，自己几乎不能自由花钱了。

当然还没退休的时候，每个月能得到近十万元的零花钱，所以基本上没觉得拮据过。

但是，一退休情况就变了。公司的钱理所当然不能花了，每天晚上在外面吃饭或去银座酒吧或俱乐部也就完全不可能了。

零花钱也减少到了每月五万元。妻子的理由是:“你已经退休了，不要像以前那么奢侈了。”

这么点儿钱，别说是打高尔夫，就连在外面吃饭都得考虑一下。

真是要多惨有多惨，可是，家里的财政大权攥在妻子手里，自己也无计可施。

现在这样的局面，完全是由于自己以前的失策造成的。

总之，即便退了休，丈夫为了独立也应该自己管理所有的钱财。正因为手里有钱，才能保持做丈夫的地位和权威，把财权拱手交给妻子，只能沦为二等公民。

早在没有退休的时候，就应该未雨绸缪，自己掌控财权，每个月给妻子生活费。其实美国的丈夫们大多是这样的，可自己怎么就没有想到呢？

事到如今，就算知道失策了，也已经于事无补了。

然而，不知是幸还是不幸，自从妻子出走以后，突然间，可以由自己支配的钱多了起来。当然，自己并不会把这些钱都花了，但是瞧着存折，仿佛眼前呈现出了一个崭新的未来。

“喂，怎么办呢？”

问小太郎，它是不会回答的，他突然想起了带着小太郎出去遛弯时，遇见的女人们。

最近，去河滩就不用说了，到河滩附近的咖啡店里去，也经常会遇到牵着狗的女人们，有时候他还会和她们聊上几句。

其中有一个经常戴着那种帽檐特别宽的帽子，穿着驼色外衣的女性。她身材苗条，大约四十岁左右，应该已经结婚了，但总是一个人带着一条白色狮子狗出来。

快到中午的时候出去遛狗的话，经常会遇见她。有一次，两只狗凑到了一起玩儿，所以和她聊过各自的狗。下次遇见她的话，就请她喝杯咖啡吧。

这么想着，威一郎的心情渐渐地亢奋起来。

以前每天早上一睁眼，常常想的是今天干什么呢。想也白想，便带着小太郎出门。回家之后，屁股还没有坐热呢，就被妻子催促着，陪她去商场或超市买东西。然后，只能去图书馆消磨时间了。从图书馆回家后，看电视也都是些无聊的节目，看得自己直生气，只好喝几口闷酒，睡觉完事。

这样日复一日的单调生活，使他担忧会加速自己的衰老。不过，要是有了能够说说心里话的女性，即便到不了女朋友的程度，心情也会开朗一些的。

“好吧。小太郎，我们加把劲儿试试看吧。”

威一郎对它这么一说，小太郎也放心似的摇了摇尾巴。

第二天早晨，威一郎等到九点去了站前的银行，从存折里取出了二十万元。要问他为什么取二十万，也没有什么特别的理由，只是把钱拿在手里时，突然就觉得自己可以耍耍阔了。

现在只要有了这些钱，就不会像前些日子那样拮据了。

“好了，走吧。”

威一郎将其中的十万元装进钱包里，等到十一点一过，便带着小太郎出了家门。

选择这个时间去遛狗，是因为快到中午的时候，河滩那边带着狗和小孩的女性会比较多。

不过，现在他对于带小孩的女性没有什么兴趣，他的目标是带着白色狮子狗的那个女人。从她在那个时间来遛狗看，像是已婚的，不过只看外表的话，又像是独身的。每次一见面，她总是微微含笑地低头问候，她这温婉的风情很是吸引威一郎。

如果今天能够遇见她，就大着胆子跟她搭讪吧。他这么盘算着，今天还特意穿了件驼色意大利毛衣，外面套了件羽绒大衣，就这样走出了家门。

他带着比格犬直奔河滩，一直走到要往回返的老地方。

快到中午了，遇见了十多个出来遛狗的人。可是，穿驼色外衣的女人还没有出现。

也许是有什么事情来晚了吧。他在那片紧邻绿色运动场地的河滩上来回溜达着，小太郎不停地瞄着威一郎。

也许它觉得主人和以往不一样，怎么这么悠闲地在河滩上溜达呢？

“再等等看吧。”

他对小太郎说着，轻轻做起了上半身伸展运动来。这时，他远远看见穿驼色外衣的女人出现在了河滩那边。

“来了……”

威一郎赶紧整理了一下大衣领子，对小太郎命令道：“走。”

慢慢朝下游走去的话，肯定会和朝上游走来的她迎面相遇的。

快走到跟前的时候，只要问候她一句“早上好”，她肯定会报以同样的问候的。

不过，今天他想要进一步交谈。她的那只狮子狗如果向小太郎献殷勤的话，就再好不过了，不知能否有此好运。

这么想着的工夫，已经走到了近前，她似乎已经看见了威一郎。

走到相距大约十米远的地方时，对方像往常那样露出笑容，先跟他打招呼：

“中午好。”

“中午好。”

威一郎也问候道。两只狗虽然靠近了，但只是互相闻了闻，就分开了。

威一郎鼓起勇气说道：

“今天有点儿凉啊。”

二月的河滩自然比较凉，不过，还是给人感觉有些突兀。威一郎正要补充一句什么的时候，她已经微笑着迈开了脚步。

“那个……一起喝杯咖啡可以吗？”

她马上回过头来，脸上带着不解的神情。

“可以的话，去那边喝杯咖啡好吗？”

威一郎的眼睛朝下游方向的小山岗望去，她这时才明白了怎么回事，先轻轻点了点头，然后用很客气的语气说：

“对不起，今天没有时间……”

说完，恭敬地鞠了一躬，牵着狗走了。

“啊……”威一郎望着远去的女人和狗，轻轻叹了一口气。

从一开始，他就知道她是不会轻易答应的。虽说结果不出自己的预料，但遭到拒绝还是令他有些沮丧。

威一郎被小太郎牵引着一边往回走，一边反省。

虽然每次见面都寒暄，可是对于她来说，自己只是“比格叔叔”而已。

因为有狗在一起，每次见面才会交谈几句。也许，她并不想单独两个人一边喝咖啡，一边聊天吧。

仔细一想，确实是这么回事。

除了遛狗这一点外，对于她来说，自己仅仅是一个退休的有闲大叔罢了。即便不知道自己退休，也差不了多少。

“是这样……”

威一郎觉得自己就像做了什么见不得人的事似的，不由得加快了脚步。

他现在只想把刚才的事情尽快忘掉。

“走，回家喽……”

他快步从河滩穿过小山包，直奔家的方向。

下午，威一郎一边吃方便面，一边看电视，钱包里的十万元依然原封不动地待在里面。

这钱是好容易跟妻子要来的，不把它花掉的话，那不是白费劲了，得找点儿有意思的事花了它。

他最先想到的是打高尔夫。

在公司的时候，每个月他都打一次，用的自然是公司的钱。而退休以后，即使去东京近郊的球场，周末也得开销近三万元，实在太贵了。

不过，现在自己每天都是星期日，平时也可以去，那也得差不多两万元，所以仅靠自己现在这点儿零花钱，还是消费不起。

前几天，朋友约他去打高尔夫，他以天冷和花钱为理由推辞了。再说高尔夫也是忙里偷闲去打才有意思，每天都闲着的话，打球也没有太大的乐趣。

只是遛狗的话，身体只能越来越差，偶尔也应该去打打高尔夫才对。

那么，找谁一起去呢？

威一郎把那些退了休的同事一一想了一遍，可他又不想主动去约别人。

如果对方约自己的话就另当别论了，而如果自己约人家的话，人家就会知道自己是因为太无聊了。当然这也是事实，不过也没有必要这么主动啊。而且自己能够想起来的人，全都是比自己职位低的人，那就更不应该主动了。

高尔夫这事还是等着别人找自己的时候再说吧。

威一郎一边对自己这么说着，一边朝窗外望去。

今天应该是星期六，这样闲极无聊地又混到了傍晚，夜幕又降临了。

这样的夜晚，要是能找一个女性共进晚餐的话，自己就能振作一些了。

虽然被那个带狮子狗的女性拒绝了，难道就没有别的女性可以考虑了吗？

于是，威一郎的脑海里浮现出了几个女性来。

首先是银座“真琴”里穿和服的老板娘，可是，以自己现在的情况，即使邀请她也不会来的。

以前，他手头宽绰的时候，两人一起吃过好几次饭，还去过一次饭店，但是也不过如此。

如今自己已经退休了，像那样的女人，即使邀请她，她也不会来赴约的。

“不行，不行。”

他对自己说。接下来想到的是秘书科的大浦小姐。

威一郎退休以前，她一直都很帮忙，偶尔还一起吃过饭。

现在她应该是给别的董事当秘书了，接到前上司的邀请，只能让她感到为难吧。

此外，经常来公司采访的某流通杂志的女记者中野小姐，和自己也合得来，一起喝过几次酒。她脑子很快，性格又开朗，容易接近。不过，现在她也不会跟一个没有工作的男人见面的，而且，见了面又说些什么呢？只是聊以前的陈年旧事，会让人家感到厌倦的。

然后，他又想起了两三个女性，突然给对方打电话，本来就不自然，如果他再一说“一起吃个饭吧”，她们肯定会被吓跑的。

“已经不可能了……”

威一郎告诉自己。他凝视着窗外，冬天的夕阳早早就倾斜了。

他正百无聊赖地看着电视，突然电话铃响了。

“这个时间，谁打来的呢……”

他这么想着，拿起了电话，是儿子哲也。

“那个，我想回家拿几件衣服，可以吧？”

哲也两年前搬出去以后，他的房间一直是美佳在住，他的衣服之类暂时用不着的东西好像都放在壁橱的最里面。

“当然可以，不过，就我自己在家。”

“妈妈呢？”

“去美佳那儿了。”他只是含糊其词地回答，实在不好意思说“你妈离家出走了”。

哲也又问：“你现在干什么呢？”

当然不能说，我现在无事可干，正在胡思乱想女人呢。便回答："看书呢。"

哲也说："现在我在涩谷，这就过去。"

哲也平时很少回家，父子俩单独见面的机会就更少了。

他怀着奇妙的心情等着，三十分钟后，哲也来了。

他还是头发乱蓬蓬的，穿着肥大的外套和牛仔裤，看他这身打扮，就猜得出还没有女朋友。

"妈妈怎么不在啊……"

哲也嘀咕着进了自己的房间，不一会儿就拎着一个装了冬装的纸袋子出来了。

在客厅里，两个人对坐着，没有什么特别可说的。过了一会儿，威一郎突然想起来什么似的，问道：

"你怎么样？"

"嗯……"

哲也看了看四周，大概是觉得房间里显得有些凌乱，和以往不大一样了吧。

"妈妈几点回来？"

"可能比较晚……"

"她不回来"这话他是说不出口，于是就撒了个谎。哲也突然站起来去了厨房，打开冰箱，问：

"这啤酒，可以喝吗？"他可能是口渴了。

"喝吧……"他应了一声。冰箱里现在只有啤酒和碳酸饮料，哲也一定觉得奇怪吧。

哲也又返回客厅，两个人坐在沙发的两边，还是没什么可说的。

和文科出身的威一郎完全相反，哲也毕业于工学部，现在在川崎家电当技师，因此父子俩基本上没有共同语言。

但是，威一郎还是问他“工作怎么样”，哲也只是含糊地回答“还行吧”。

看来他是觉得跟退了休的父亲谈工作也没有多大意义。

哲也突然站起来问道：“喝啤酒吗？”

可见也不是没把自己放在眼里。于是，威一郎提议：

“要点儿外卖好吧？”

“好……”

回到自己家，还要叫外卖，哲也可能会感到惊讶。不过，看样子他好像肚子饿了。

“那就叫吧。”

威一郎把叫外卖的菜单递给他，哲也要了一碗大碗的中华盖饭，威一郎要了一份什锦炒饭。

这样晚饭就有着落了，不过，要等四十分钟才能送到。

这段时间，总不能一直这么相对无言地坐着吧。

威一郎提议道：“我们下盘围棋吧。”

哲也上中学的时候，威一郎教过他围棋。后来，父子俩经常下围棋。上大学的时候，哲也突然棋艺大增，现在威一郎要儿子让四个子儿呢。

这都无所谓，好久没和儿子下棋了，再说，下棋的时候也不用说话，比较轻松。

于是，威一郎立刻摆上了棋盘，第一局他输了。这时外卖送到了。

威一郎在玄关接外卖时，哲也走到他身后，说：“我来付吧。”

两个人一共两千三百五十元，这点儿钱他还不至于拿不出来。

“不用了……”

威一郎坚持付了钱。

两人一边吃一边开始了第二盘，威一郎又输了。

这孩子大概是在公司的宿舍里经常下棋吧，看样子，让五个子儿自己都不一定能赢。

一看表，已经八点了，哲也好像有点儿坐不住了。

“妈妈这么晚还不回来？”

“啊……”

威一郎还是没有说出“今天晚上不回来”这句话。

“那我先回去了。”哲也于是站了起来。

威一郎点点头，送儿子到玄关，哲也看着威一郎说：“注意身体。”

“我还没那么老呢。”威一郎克制着没有说出来，只是点了点头。哲也又说了句“问妈妈好”，就推门出去了。

再怎么说，儿子也是依恋母亲的。

即便这样，威一郎也好久没有这么心情愉快过了。他满足地回到自己的房间里，在床上躺了下来。

第二天醒来时，周围还很黑，时针指向六点。

“又是一天开始了……”

这些天来，他越发感觉到了没有妻子和女儿在家的寂寞。虽说妻子在家的时候，成天唠唠叨叨的，吵得自己不得清净，可是现在看来，这些噪音也给自己的生活增添了热闹的气氛。

“现在，我该怎么办呢？”他对自己说道。

威一郎无聊地歪在床上看着电视，忽然听见小太郎在叫唤。它是想提醒主人，该带它出去遛遛了。

没办法，威一郎只得带小太郎去了河滩。回来的时候去便利店买了早饭，吃的三明治和蔬菜汁。

然后，睡了一会儿就起来，还简单地打扫了房间。

中午，他冲了一杯咖啡后，闲来无事，就打开了电脑。

在公司时，他一般不怎么使用电脑。每天要看的各种资料，基本上都是秘书给准备好的。

退休后，上网的机会就更少了，只是偶尔看看天气预报和当天的新闻。

他心不在焉地浏览着电脑屏幕时，“邂逅”这个词吸引了他的眼球。

“这是什么呀？”

他好奇地点击了一下，出现了一对手拉手的男女，旁边是“命运的邂逅检索”。

好像是交友方面的网站。

他还是第一次浏览这类娱乐性的网站。不，这不只是娱乐，可能也有来这儿认真寻找朋友的人。

他继续点击下去，填写了自己要求的条件后，就会出现女性的年龄，以及体形、爱好等，甚至还可以看到带照片的人物简介。

没想到，电脑还可以做这些事。

威一郎试着填写了自己对女性的要求。

年龄当然越年轻越好，但是考虑到自己的年龄，也不能要求太高。

于是，他填写了三十岁到四十岁。

体形要偏瘦一些，住在东京都内，最好是有工作的OL[1]。

如果单纯是为了找女人的话，直接去按摩院更省事。

年轻时又是另外一回事，到了这个年龄，仅仅为了发生肉体关系就没什么意思了。他想使自己沉浸在某种恋爱的情调中，所以最好是那种不太风尘的女子。

这么想着，便输入了自己要求的条件，竟然出现了几个候选对象。

他想尽快看到女性的照片，可是，必须先输入自己的信息。

年龄多大，做什么工作，住在哪儿，他按要求一一填写着，心想，这么一来，自己的基本信息会在网上扩散的。

“等一等……”

要想了解更多有关对方的情况，自己也要相应提供自己的情况。他觉得这也是顺理成章的，但对于把自己的信息放到网上去也略感不安。

因为在这种地方填写自己的信息，万一被某个寻找朋友的熟人知道了，就很丢脸了，也许会被什么人挪用到坏事上去。

威一郎又返回到最初的“邂逅”页面，深深地舒了口气。

好不容易来了点儿兴致，还是空欢喜一场，又成了没有女友的寂寞大叔了。

“怎么办呢？”

他仔细想想，到了这个年纪，和女性交往毕竟有难度了。

“已经退休了，不要再自不量力地想入非非了，考虑考虑自己的年龄，还是老实本分一点儿吧。”

---

1 OL，英文“office lady”的缩写，意即“办公室女郎”。

理智的自己对另一个自己说，可是，那个自己又不想痛快地回答一声“好的”。

“反正老婆也离家出走了，自己现在是自由之身，和女人约会也没有关系的。”

被责备的那个自己还是想不通。

“怎么办……”

现在的闲适生活最让人头痛的就是，一旦发生了什么不痛快的事，也没有什么工作可以转移注意力，尽快忘掉它，反而总是耿耿于怀的。

他对一直在原地踏步的自己感到焦躁，“真是的……”他嘟囔着站起来，很自然地去了厨房，从冰箱里拿出一罐啤酒，回到客厅坐在沙发上。

喝到一半时，他拿起桌上的周刊杂志。已经看过一遍了，没什么想看的了，可是翻着翻着，出现了“交友俱乐部”这样的字眼儿。

这是广告页里登的广告，到底是什么样的俱乐部呢？他好奇地看了看，里面有具体介绍：“为您提供约会对象，个个都是有教养的女子。”

看来这个俱乐部是专门给男人介绍约会的女性的。

称得上是个别出心裁的想法，问题是，俱乐部负责介绍的女性仅限于约会吗，还是可以有更深入的关系呢？

如果可以的话，那不等于是拉皮条的了吗？只看广告词，还是弄不清楚。

天下之大，还真是无奇不有啊。广告里还有“有意者可直接打电话”“绝对保护隐私”，等等。

从如此细致严谨来看，会员想必多是有一定社会地位、收入高的男性吧。

像那样的男人，自己不用说话，都会有女人找上门的，然而他们毕竟上了年纪，不好找女朋友了吧。尽管多少有些地位和金钱，偶尔一起喝一杯、吃个饭什么的，也许有女性愿意，若再想进一步，一对一地谈情说爱的话，就有难度了。

这个俱乐部就是以这样的男性为目标而存在的吧。不过，专门给男人介绍约会的女友还是蛮有趣的。尤其是有别于按摩院或者那些不三不四的地方，在介绍女友这一点上，是很有特色的。

我也拿出勇气，给这个俱乐部打个电话吧。

说实话，再这样下去，别说情人了，就连个能说话的女友都很难找到了。

在公司里当董事的时候姑且不论，退休后的大叔想要风流一下的话，也只能依靠这样的地方了。

对呀，在这个落寞的时候，恰巧看到这样的广告不是缘分是什么？于是他决定试一下。反正不行也没什么损失。幸好现在自己手里有一点儿钱，说不定能交上桃花运呢。

威一郎越想越兴奋，禁不住拿出手机，拨通了那个号码。

他屏住呼吸听着，持续了几声呼叫音后，电话里传来一个女性的声音。

“你好，这里是交友俱乐部。”

“那个，我想问问俱乐部的情况。”

他说了自己看到的广告后，对方说：“谢谢您。您是想入会吗？”

一听“入会”这个词，他犹豫了一下，但随即点点头说：“是啊，那个……”

对方马上开始介绍道：“本俱乐部只介绍约会的对象，只限于有相当收入的人士。”

听她的意思，对于入会的男人也有严格的要求，还要提交现在的职业、收入、住所，以及证明这些的身份证等等。

那么，退休没有职业的人就不够条件了吧。他这么一问，对方说：“对不起，您以前的工作部门可以告诉我们吗？”

这可怎么办呢？正当他犹豫的时候，对方继续说明办手续的方法。

据她说，入会费要交五万元，成为会员后，俱乐部就会根据本人的要求给他介绍女性。她们都是非专职的，大多数都是在公司工作的 OL，并且提供她们的照片，可以看着照片自己来选。

“只是，每次约会要交纳两万元。”

据说这是俱乐部方面收取的约会费。约会对象确定后，一般要在六点至六点半之间互相确认电话号码，要在有名的饭店前厅见面，等等。

见面之后，由男方提议去餐厅或酒吧等等，十点到十一点左右结束。

“如果还想再和这位女性见面呢……”

“那是你们两个人之间的事情，和我们没有关系。”

这就是交友俱乐部之所以叫作交友俱乐部的缘故吧。

他饶有兴致地继续问道：

“会把我的情况告诉对方吧？”

“这些会在见面之前告诉女方的。”

威一郎还是拿不定主意，对方接着说：“先给您寄一份材料吧。”

威太郎在犹豫中被对方诱导着说出了地址。

“请您考虑一下，欢迎加入本会，等候您的光临。”对方说完便挂断了电话。

挂断手机，威一郎又思考了一会儿，他的内心已跃跃欲试了。

“下决心加入吧。”

像现在这样每天毫无意义地过下去，只会迅速衰老。

与其这样，不如下决心找个女性约会一下，重振雄风。即便只是吃顿饭，只要和年轻女性一起吃，就能够找回一点儿当年的风采吧。

从这一角度上说，这约会就相当于引爆的药捻子，五万元的入会费还真不算贵呢。

那个存折里的钱也可以说就是为了这个而准备的。虽然他一向不怎么会花钱，但花在这上面才是物有所值啊。

威一郎对自己这么说着，竟站了起来，自言自语道:“那就干吧。”小太郎也给他加油似的“汪汪”叫了两声。

chapter 10

/

恋爱冒险

这一天，威一郎六点准时到达位于虎门的一家饭店。

之所以选这家饭店，是因为它不仅是众人皆知的著名饭店，而且入口周边也很清静，比较容易找到约会的人。

今天他要在这里见面的女性是前几天从交友俱乐部选中的。

她的名字叫小西佐智惠，据说是OL，二十七岁，不知有没有说谎。

虽说真假不明，但威一郎已经事先通过照片看过了她的模样。

她算不上特别漂亮，但眼睛挺有神韵的，很可爱，而且身高一米六一，这个等一见面就能确认了。

说好了她一到这个饭店，就给威一郎打电话，所以，应该不会搞错。

约会的时间是六点半，还有三十分钟呢。趁这个工夫，他打算先找好今晚两人要去的地方。

虽然威一郎没有在这个饭店住宿过，但以前为了参加宴会或开会来过这儿好几次，对这里的布局还是比较熟悉的。

首先是今天晚上和她吃饭的地方。记得主楼一层的一家餐厅，无论是价格，还是就餐环境，都无可挑剔。

于是，威一郎先看了看饭店的指示牌，确认了那家餐厅在一层之后，便从五层的服务台坐电梯下到了一层。

然后沿着右边的走廊往前走，果然看到了那家叫作“花园酒家”的餐厅，朝里面看了看，现在还没有多少客人。

从入口再往里面看去，只见靠餐厅左边的窗外是一个小巧玲珑的庭园，给人感觉很有情调，而且价格也不算太贵。

“不错，就在这儿吧。”

威一郎选定了晚餐地点之后，又坐电梯回到了五层，去右边的酒吧瞧了瞧。

还没退休的时候，他和客户来这里喝过几次酒，入口和吧台还是老样子，没有多大变化。

“要是她想喝一点儿酒的话，就来这儿吧。”

连酒吧都找好之后，他看了看表，六点二十。

她差不多该来了，可是在哪儿等她比较好呢？

威一郎先去了正面的入口，确认了没有像她的女性之后，就往前厅里面走去。

正中央摆着一盆大大的山茶花插花，周围有几把椅子。不过，如果坐在那儿的话，一看就知道是在等人。

为了不显得那么像等人，还是坐在里面大圆桌周围的椅子上比较好。稍稍侧着坐在椅子上，面对入口，显得更自然一些吧。

找好地方后，威一郎去了一趟洗手间，对着镜子整理了一番衣服。

今天晚上，他很罕见地穿了一套银灰色西装，配了一条淡粉色带黄色隐条的比较亮丽的领带。稀疏的头发上也抹了些发胶，收拾得挺精神的。

他对着镜子仔细地检查了一番后，再次回到了前厅，侧身坐在了刚才选好的、最靠圆桌右边的椅子上。

“这样，还可以吧。”

说起来，在这种地方和女性约会还是第一次。退休之前，他根本没有心情在饭店里和女性幽会。反倒是退休之后，可以随心所欲了，不过，胆子也够大的。

“我还没那么老呢……”

威一郎自言自语着苦笑了一下，这时，口袋里的手机响了。

“喂……喂……”

威一郎看了一下显示的号码，压低声音接了电话。

“请问，是大谷先生吗？”

对方的声音很年轻，也很沉稳，威一郎刚一回答“是的”，对方就说：“我是小西，现在到门口了。”

她正好六点半准时到达。他朝入口望去，看见一个正打着手机的女性，已经走进了旋转门。

“请一直往里走，我在圆桌这儿。”

她挂了手机，一直朝这边走来。威一郎早已慢慢地站了起来，向她招了招手。

“我是大谷，对不起。”

其实没有必要说“对不起”的，不过，她也跟着低了一下头。

“我是小西，初次见面。”

她看上去身体偏瘦，个子不高，跟简历上写的一米六一差不多。

头发三七分，穿着深蓝色的套裙，披着一条白色的披肩。

长相和照片一样，眼睛很有神，说话也很爽快。

“我是第一次通过这个公司介绍和女性朋友见面，不太知道该怎么做。”

威一郎说完，便发出了邀请：“我们先去吃饭，好吗？”

她似乎已经习以为常了，马上点了点头。

“请这边走。”威一郎边说边领着她朝电梯走去。

“下面有一个还不错的餐厅。”

这时，三个穿着笔挺西服的男人走了过来，可能是去参加宴会的。

看他们的年纪在五十岁左右，他们会怎么看我们俩呢？

是羡慕这个大叔和年轻的女性约会呢，还是嗤之以鼻地想，这家伙都这把年纪了，还这么不安分呢？不管怎么说，恐怕没有人在自己这个岁数还进行什么恋爱冒险吧。

他这么胡思乱想的时候，电梯来了，他们和三个男人一起进了电梯。

下到一层后，三个男人朝左边走去，那边有一个威一郎曾经去过的大宴会厅，他们肯定是去参加宴会的。威一郎他们去了右边。

走了几十米后，路过一个面包店，再往里走，就是刚才自己确认过的餐厅。

“就是那个餐厅……”威一郎指了指，小西顺从地跟着他走去。

到底是交友俱乐部的，什么也不害怕，也可能因为这是工作的范围吧。

威一郎先一步走进了餐厅，服务生大概是已经认出了他是刚才来过的客人，于是便引导他们去了最里面靠窗户的座位。

这是个四人桌，威一郎把大衣放在旁边的椅子上，她也摘下了披肩。两人又互相对视了一下。

“这个地方，可以吗？”

“当然可以。”

小西第一次露出了笑容，扭脸去看窗外的庭园，说：“还点着篝火啊。”

天刚刚黑，庭园里面就点燃了篝火，篝火前边的灯光映出了四周的树木。

两人望着篝火时，服务生拿来了菜单。

这个餐厅主要是法国菜，可以单点，也有套餐，一个人五千五百元。

威一郎指着套餐问：

“这个可以吗？”

她正在看菜单上别的地方，但立刻点头回答：“好的。”

虽说是套餐，但分成冷盘、主菜、甜点三品，客人可以按自己的口味各选择一样。

威一郎想了想，冷盘选了虾仁鳄梨沙拉，主菜选了烤里脊肉，甜点选了果子露冰激凌。她接着点了拼盘、蟹肉奶油煎饼，以及糖水洋梨。

然后，就等着上菜了。威一郎暂时放了心，重新打量了小西一下，发现她和自己的女儿美佳年龄差不多。

小西说自己二十七岁，那么比美佳大一岁。当然，报给俱乐部的年龄多少会和现实有些出入，不过，看她的模样也差不到哪儿去。

都过六十岁的人了，能和这么年轻的女人共进晚餐，真是上辈子修来的福啊。

威一郎暗自盘算，交了五万元的会费，再加上今晚两万元的约会费，这也是理所应当的。不管怎么说，他现在心情特别地兴奋。

威一郎为了使自己平静下来，吸了一口气，问道：

“你现在是在公司工作吧？”

她抬起头来说：“是的。”

“是什么公司？”

他觉得这么问好像有点儿不合适，但她很爽快地回答：

“IT 方面的公司。”

“是吗？不简单哪。”

“不，我只是在公司的总务科里做事务工作。”

对她这样坦率的回答，威一郎很喜欢。

“公司在哪儿？”

“神田。”

“那离这儿不近呢。”

威一郎点着头，想起神田离女儿工作的日本桥不太远。

“你看我像做什么工作的？”

问完，他就后悔了，真是问得多余。小西瞧着威一郎的脸，稍稍歪着头，说：

“像是和出版之类，与书有关的工作吧？”

“眼睛很厉害啊，差了一点儿，很接近。”

看小西还在琢磨，威一郎告诉她说：

“那时候是做广告方面的工作，不过是负责出版物的……”他不自觉地说出了过去时“那时候”，又赶忙补上了一句，“就是那一类的工作吧。”

“那么，就是做各种图书和杂志广告了。”

“差不多吧。”

她要是再往下问就该露馅了。威一郎就此结束了工作的话题，要了啤酒。

“你也能喝一点儿吧？”

“我不行。”

“只是少喝点儿……”

威一郎要了两杯扎啤，两人轻轻碰了杯。

为什么碰杯他也不知道，勉强可以说是为了自己现在这份激动的心情吧。

小西又朝庭园望去。

“这庭园里还有瀑布呢。”

威一郎听了，也扭头看去，只见在庭园深处的树木之间流淌着一条小溪。外面很暗，看不太清楚，好像在不远处堆砌着的假山石中，流淌着一条细小的瀑布。

“多有情趣啊。”

正看得入迷时，冷盘上来了。威一郎吃了起来，小西说：“那些人在照相吧？”

威一郎拿着叉子回头一看，见有两个人正在庭园靠近餐厅这边的地方拍照。好像是外国人，打算把篝火和瀑布都拍进去。

“看起来从餐厅能进园子里去呢。”

威一郎听了，忽然想起还不确定她的名字呢。

“对了，你是小西小姐吧？”

“对，小西。”

威一郎对一脸惊讶的小西说道:

“那么，以后我可以管你叫小西君吗？”

“可以。”

她清楚地回答。然后问:

“我可以称呼您大谷先生吗？”

他感觉谈话越来越自然了。

威一郎的心情慢慢平静了下来，一边喝着啤酒，吃着烤肉，一边再次看了看四周。

这家餐厅在饭店里的餐厅中属于比较大众的，所以一对对的情侣或朋友比较多。其中也有上年纪的夫妻模样的人，但还没有看见一对像威一郎他俩这样岁数相差很多的。

对此威一郎不知是该感到满足还是惭愧，他犹豫了一下，坦诚相告:

“今天见到小西小姐很高兴。”

“那个，我这样的人，您满意吗？”

她这种拘谨的态度很令人满意。至少和霸道的妻子截然不同。

“感觉很放松啊。”

不知对威一郎的话是怎么想的，小西停下了手里的叉子，过了片刻又接着吃起来。

“味道挺不错的吧？”

“很不错。”

威一郎好久没有在外面吃饭了，也觉得很满足。

吃完了主菜，餐后甜点就送来了。

“哇，太棒了！”

小西看着果盘，高兴地大声说。毕竟是个女孩子啊。

“你喜欢吃甜的呀？”

“是啊，其实不应该吃太多的。”

“没那回事，你一点儿都不胖啊。”

她这样窈窕的身材也是威一郎喜欢的。

甜点之后，送上了最后的咖啡，然后晚餐就结束了，看看表，才过了一个小时。

虽说是套餐，毕竟只有三样食物，互相也没那么多话说，这么快就吃完也很正常。

“吃饱了吗？”

“已经很饱了。”

尽管是很简单的套餐，她这么说，听着也让人很高兴。

威一郎看了一会儿庭园，突然想起来什么似的问道：

“想不想去上面的酒吧坐坐？”

小西略微想了想，轻轻地点了点头。

听俱乐部负责人说“一般在四个小时以内没有问题”，所以，他心里是有数的。

“那就走吧。”

威一郎催促道，小西很客气地说着“谢谢了”，便站了起来。

才七点半，餐厅现在刚开始迎来客流。穿过餐厅，在出口处结完账，他回头一看，小西正好奇地看着陈列着各式各样面包的面包店呢。

“要不要买几个带回去？”

威一郎站在她身边，问道，她赶忙说：“不用了。”

但是，看得出来她很想要。

“不用客气，挑几个吧。”

威一郎这么一说，她小声说：“可以吗？不好意思。”然后，挑选了面包皮上有一层白糖的和夹着香肠的面包。

“再拿几个吧。”

“不用了，这就足够了。”

威一郎点点头，问了店员，是五百五十元。

接过店员递给她的纸袋后，她客气地低头对威一郎说：“谢谢！”

这点儿东西就“谢谢”，真是再便宜不过了。

“好了，我们走吧。”

他们走出餐厅，再次乘上电梯，返回前台所在的楼层。

威一郎看见刚才等小西小姐时坐过的最靠里面的那个大圆桌，觉得自己现在和刚才相比，要放松多了，也自然多了。

位于这一层的酒吧客人很多，靠近入口的吧台几乎都坐满了。

中间只有两个人的空位，他们便坐了下来。

小西君看了看四周，轻轻问道：

“您常来这儿吗？”

“也不是，偶尔吧。”

说实话，自从退休以后，这是第一次来，但是他的回答给人感觉很熟悉这里似的。这时，男服务生过来问道：“请问，要点儿什么吗？”

“稍等一下。”

威一郎点点头，接过菜单，给小西看。

“喝点儿鸡尾酒怎么样？”

“可是，我没喝过……”

“那就给你要一杯甜一点儿、清淡一点儿的吧。”

威一郎给她要了一杯女士鸡尾酒，自己要了兑水的苏格兰威士忌。

服务生鞠了一躬，退下后，小西看着周围说：

“人真不少啊。”

“是啊。这里交通比较方便。”

周围都是男性，像威一郎这样带女伴的好像没有。

这么说，我还算是出类拔萃的了。不过在公司里的时候，这个时间是不可能单独和女人去酒吧的。由此看来，退休还是蛮不错的。

这么漫无边际地瞎想的时候，服务生端来了饮料。

“好……”

威一郎端起酒杯，小西也端起了泛着朱红色光泽的鸡尾酒杯。

他想说“干杯”，可又觉得这么说有些滑稽，就轻轻碰了碰杯。

他不知现在该说“好喝”还是“很高兴”。反正这样兴致勃勃的感觉，退休以来还是第一次感受到。

这还要多亏妻子和女儿出走，自己夺回了存折呢。

他这么想着，轻轻点头时，闻到了旁边小西身上飘过来的淡淡香气。

“这酒好喝吗？”威一郎问道。

“甜甜的，很好喝。”她微笑着回答。

真是想不到，那种俱乐部能有这么清纯的女孩儿。

他想再多了解她一些，问道：

“你现在住在哪儿？”

“住在木场。”

木场在隅田川东边，是个古老的街道。也许离她的公司比较近吧，不过，离这里相当远。

“我没去过那边。”

“没有什么可看的。”

“你自己一个人住吗？”

“是的。”

也许是因为说到了住所，威一郎想起了小太郎。

“你养什么宠物了吗？”

“想养，可是不行……”

很多公寓是禁止养宠物的。

“您养什么宠物了吗？”

被她一问，威一郎说：

“养了条狗，是比格犬……”

“真的？我家养的也是比格犬。”

“你家，是你父母家？”

“是啊。现在它七岁了，特别可爱。”

一看她那兴奋的表情，就知道她特别喜欢狗。

威一郎马上从包里拿出手机，给她看小太郎的照片。

“就是这家伙。”

“哇，好可爱……”

一瞬间，她的右膝碰到了威一郎的左膝。可能是一高兴，腿就跟着晃动的缘故吧，她赶紧缩回了腿。

虽然只是短短的一瞬，但那感触让威一郎回味不已。这时，她问道：

“它叫什么名字？”

“小太郎。”

“是公的吧。”

狗的话题似乎意外地增进了他们之间的亲密感。这可真是谢天谢地，托了狗的福，照这样的情况发展下去，请她到家里来也大有指望了。

“可以的话，想请你来我家看看它。”

小西突然不说话了。威一郎心想，也许自己有点儿得意忘形了，不过，幸运的是算是有了共同的话题。

“每天早上，我都带它出去散步。”

“您很辛苦啊。它特别高兴吧。”

聊得越来越投机了，于是，威一郎趁机说道：

“我现在是一个人住。”

威一郎以为小西会感兴趣，但她没有接话茬儿，双眼直视着前面。

她大概是不想谈论个人隐私吧。也是，今天第一次见面，就谈这个，可能有点儿过头了。

威一郎一边喝着威士忌，一边换了个话题。

“你是什么时候加入那个俱乐部的？”

其实这是他最想问的，她看着酒杯，没有回答。

“去了很长时间了吗？”

“不是，今年才去的。”

这就是说，才去了几个月，可是，她为什么去那样的地方呢？他虽然想这么问，又觉得关乎隐私，似乎不太礼貌。

威一郎想缓和一下气氛，于是问道：

“像我这样年纪的客人很多吧？”

小西犹豫了片刻，似乎不知如何回答才好，轻轻地点了点头说：

“什么年龄的都有……”

看来她也只能这么回答，威一郎又进一步问道：

“一定有很多人喜欢你、追求你吧？”

“没有。”小西坚决地摇了摇头，“这只是我们的工作。”

这话没错，这也意味着，今天无论和她多亲密也是徒劳。

“不过，就像在这样的地方，有人对你说过，还想再见到你吧？”

“嗯，有的……”

威一郎忽然注意到小西的酒杯已经空了。

“再来一杯吧？”

“不了，不能再喝了。”

“可是……”

现在就结束，未免太扫兴，威一郎把自己的酒杯递给服务生，说了句“再要杯一样的”。

两个人都没有再说话，服务生开始晃动起摇酒器来。花里胡哨地摇晃了一通之后，当他又把一杯新的朱红色鸡尾酒放在她面前时，威一郎鼓起勇气问道：

“那个，你还愿意和我见面吗？”

“当然愿意。”

小西点点头，不过，两个人说的好像不是一个意思。

威一郎想的是，下次不通过俱乐部，而是两个人直接见面。而小西想的是，和这次一样，通过俱乐部约见。

抓住这个机会，威一郎又进一步问道：

“我们自己约会，难道不行吗？”

小西有些为难地盯着酒杯看了一会儿，说：

“一般来说要通过俱乐部的……”

“不过，即使不通过，只要你愿意，就没问题吧？”

这样的话，可以节省约会费，相应的数额自己会直接给到她手里，不用说，即使多给她一些也乐意。

总之，他觉得对她来说是很划算的，明知现在这么说有点儿过分，但他还是说道：

“当然，我会有分寸的。”

小西又沉默了，然后轻轻地点了点头。

“这个，我明白，只是刚刚第一次……”

也是，刚第一次见面，就想着下一次的约会，这也有点儿太性急了。再约会一两次，相互充分了解之后再决定也许更自然吧。

“明白了。那么，我再通过俱乐部联络你吧。你什么时候有空？”

“最好是周二和周四。”

今天是周四。威一郎当然没有时间的约束。

“那就下周四，正式约你好了，请把时间留出来。”

“知道了。”

小西微微低下了头。

那天晚上从酒吧出来后，和小西分手时是八点半。

虽然从见面开始算起只过了两个小时，但威一郎已经觉得很满足了。

当然，再要求待上一个小时，她也不会拒绝的。

但是，如果强求她待满四个小时，就显得不够绅士了。不如给她留出一个小时的时间，让她轻松一下，对自己也留个好印象。

他内心里怀有这样的意图或考虑。

可以肯定的是，第一次见面，小西对自己的印象还不错。

她算不上漂亮，身材也一般。换句话说，长相不特别好看也不特别难看，身高不太高也不太矮。稍微偏瘦了一些，但看起来蛮可爱的。

和小西聊天，既不觉得她头脑特别机敏，也没觉得她能说会道。

总之，她是一个普通得不能再普通的女性了，这一点让现在的威一郎感到十分满意。

“对于六十多岁、退了休的男人来说，算是不错了。”

威一郎对自己说道。然后心满意足地回家去了。

“我回来了。”

回到家，他喊了一声，屋里一片漆黑，一个人也没有。

只有小太郎从黑暗的房间里叫着蹿出来。

“好了，好了，你特别寂寞吧？我回来了，放心吧。”

威一郎抱起小太郎安慰着，对它说：

“有个可爱的姐姐说喜欢你呢。下次让你也见见她。”

对狗说完，他又对自己说：

“这可是绝对要做到的啊。”

chapter 11

/

妻子回家

明媚的日光洒满了午后的房间，电视机开着。

但是这会儿，威一郎几乎没在看电视。

听到感兴趣的，他偶尔瞟一眼电视画面，但更多的时候，是那些年轻的演员们自己瞎折腾。

明摆着是在逗人发笑，营造滑稽的气氛，这样反而让人一点儿兴致也提不起来。

一般来说，笑这种东西，不是想让人笑就能笑出来的。

应该是正当严肃认真地做什么事的时候，偶尔出了个意外，这不经意间露出的尴尬或不知所措的表情，即由意外情况而窥见到真实表情而引起的笑。

听起来也许有些强词夺理，但这是威一郎在公司的时候就一直主张的“笑的定义”。

实际上，在广告界，有业务关联的公司差不多都是各种五花八门的娱乐节目的后援，所以，他经常就节目的内容和同僚进行探讨。

每次威一郎都坚持这个观点，到现在也没有改变。

不过，最近电视节目里这类装模作样的东西却有增无减。

既然如此，为什么还要开着电视呢？如果有人这么问，他多少有点儿难以启齿。坦白地说，如果不让家里有点儿声响，他就更会觉得寂寞了。

女儿和妻子前后搬出去之后，家里就像被搬空的仓库似的空荡荡的。

因此，要想给现在的家里增添点儿活力什么的，只有开电视这一招了。

现在威一郎就躺在面对着电视机的沙发上，刚刚听了两点的报时，眼睛却紧紧盯着报纸上的铅字。

其实，他并没有在看报纸，今天的主要内容，早上一睁眼就已经看过了。

从早上到现在，他已经是第三次拿起报纸了，他正在看的是围棋版面。

最近，他闲得没事，每天都在看。不过，报纸上那些带数字的棋子，看着实在费劲，还不如在自己面前摆上个棋盘，按那些棋谱的顺序摆棋子明白呢，可又没那个心情，结果，只得凑合着看看报上的棋谱聊以解闷了。

看到“93”手的黑子时，听见玄关那边传来小太郎的叫唤声。

刚才它还在自己的脚边呢，这么一会儿工夫就跑了。大概是送邮件的吧。

“小太郎。”

威一郎刚喊了一声，它就不叫了，接着传来了关门的声音。

“怎么回事？”

他奇怪地站起来，去玄关一看，见洋子正坐在玄关换鞋的地方，抚摩着小太郎的脑袋。

“怎么是你呀？”

自从出走以后，妻子已经一个月没有回家了。

他马上心平气和下来，却没有表现出一点儿高兴的样子。

他回到房间里，又在沙发上坐下，看起电视来。这时，妻子走进了客厅。

小太郎也追着妻子跑进来，跳进威一郎的怀里，从他的手上一直舔到嘴上。

瞧它这样子，肯定是见妻子回来高兴得要命，想鼓动鼓动威一郎，一起表示欢迎她回家吧。

“好了，你给我安静点儿。”

明知道小太郎的喜悦心情，可威一郎绝不会轻易表示欢迎的。

避开扑过来的小太郎，他再次拿起报纸，妻子直接去了餐厅。

她在那儿干什么呢？威一郎起身过去瞅了一眼，见她把手里提着的塑料袋放在餐桌上，正往外拿食品之类的东西。

小太郎看见了，跑到妻子的身边，妻子立刻“哎哟哟”地发出了一连串的感叹。

“小太郎，你好像长胖了呀。”

好些日子没回家，一回来先跟狗说话，真是岂有此理。威一郎带着一丝不快，极力平和地告诉她：

“我每天都带它出去的。”

“那很好啊。不过，你不会把狗粮的牌子给换了吧？”

谁吃饱了撑的，找这麻烦呀。

“啊……”他哼哼哈哈着，妻子继续谈着狗。

“麻烦你偶尔也给它洗洗澡吧。”

“你要是不放心它，干脆自己回来伺候它好了。”

他克制着没有把这话说出来，这时小太郎又回到他的脚边。

不管怎么样，现在最可以依赖的还是这个男人。小太郎似乎很明白，故意在妻子面前对威一郎献殷勤。

“活该。”他心里解气地咕哝着。继续看报纸时，听见厨房传来哗哗的洗东西声，妻子还打开冰箱查看着。

大概是在查看自己不在家的时候，有什么变化吧。她今天怎么突然回来了呢？正想问问她，妻子已经从厨房回到客厅了。

“收拾得还行，看来你也有进步啊……找到什么兴趣了没有？”

威一郎不由得抬起一只手托住了半边脸。

虽说算不上是什么爱好，不过，有件事是瞒着妻子的。

前几天，通过俱乐部介绍，他和一个年轻女性单独约会了。在饭店见了面，先是一起吃饭，然后又去酒吧喝酒。最后，还约定下周再见面。

而且，她还是一位二十七岁的可爱女孩子呢。他按捺着没有说出来，却因此而勇气倍增，转守为攻地问道：

“我倒想问问你，今天突然回来，有何贵干？”

“有点儿担心呗，回来瞧瞧。”

难道说今天就不走了吗？这是他最想知道的。妻子继续说：

“天气渐渐暖和了，回来拿几件春天的衣服。”

这么说，还是要走的。

简直是无可救药的家伙，既然这样，爱去哪儿就去哪儿吧。

威一郎眼睛瞧着电视，问了另外的问题。

“美佳还好吧？”

“现在上班很近，比以前舒服多了。每天晚上我给她做晚饭，她可高兴了。”

威一郎眼前浮现出妻子和女儿两人有说有笑的情景，真想冲她吼一句“其实比女儿重要的人是我呀”。

好不容易才压下去的火气，自然变成了抱怨。

“就因为你总宠着美佳，她才变成这样的。是她不听父母的话，非要自己搬出去，你干吗还要去伺候她呢？”

“瞧你，说什么呢？”妻子好像很意外似的叹了口气，“现在世道这么乱，一个女孩子自己住，让人担心……”

因此就可以把老公扔在家里不管吗？

“你到底打算在美佳那儿待到什么时候啊？”

“还没有定，先住一段时间再说吧。”

“一段时间？”

“从下周开始，我打算在那边找个活儿干干……”

“什么？”

威一郎立刻坐直了身子，扭头追问道：

“在哪儿？干什么？”

“船桥的文化中心，帮着教瑜伽。”

船桥的话，离美佳住的八丁堀也许不太远。

“你打算从美佳的公寓去那儿吗？”

“是的，三十分钟就到了。”

妻子随口答道。威一郎突然觉得妻子变得陌生起来。

“这么重大的事情也不跟我商量，就自己决定了？”

“可是，跟你商量的话，你肯定说不行啊。”

“当然啦。你都这么大年纪了，何必还去工作呢？”

“美佳可支持我呢。”妻子像是给自己打气似的，使劲吸了一口气，“她说，妈妈老憋在家里，会老得快的。好不容易有这么个机会，应该去试试看。”

妻子猛然挺起胸脯，仿佛得到了后援似的。

“给我倒杯水。”威一郎突然命令妻子道。

如果自己再不吭声，真不知道她要狂到什么地步。现在，最好先喝杯水，让自己的脑子冷静一下再说。

妻子顺从地倒了一杯水，放在威一郎面前的茶几上。

他喝了口水，心情总算平静了一些。

“刚才你说教瑜伽，怎么会去干这个？”

“上个月，在船桥的一个大商厦里遇见了瑜伽老师。老师告诉我说她在商厦的文化中心里教瑜伽，如果我住在附近的话，希望我尽量过去帮帮她。”

“你教得了瑜伽？”

“所以说是当老师的助手啊。老师说，我已经练了五年，该考个本子了。”

他知道妻子经常去练瑜伽，不过，做梦也想不到她还能教瑜伽。

“你好意思吗？”

“什么呀？”

妻子突然转过脸来，直勾勾地盯着威一郎。

威一郎被妻子的气势压倒了，支吾着说：“我不是那意思……”妻子的态度更加强硬了：“教瑜伽有什么不好意思的呢？”

他想说的是，教瑜伽对身材的要求相当高，而妻子的身材一直是老样子。虽不算胖，也不算瘦。就她这样的体形，都快六十岁了，去给人家瑜伽教练当助手，不难为情吗？可是，要把话说得那么清楚，妻子肯定会跟他辩驳的。

“你想找活儿干的话，像事务性之类的，不那么辛苦的就没有吗？”

“可是，这年纪开始坐办公室，干自己不习惯的工作，也干不了啊。不如教瑜伽，既可以继续自己的兴趣爱好，还可以挣钱，这不是一石二鸟吗？上了年纪就更应该多活动身体了。如果再加上这一点的话，应该是一石三鸟喽。”

“反正不行……”

要是再不管她，还不知道她要干出什么事来呢。威一郎这次是铁了心，一定要阻止她。

“美佳也好，你也好，都太自行其是了。我告诉你，现在这个家，我是一家之主，我说不行就不行。”

妻子突然冷冷地说道：

“什么年代了，还说这种话，你也太老土了吧。”

“你说什么……”

再怎么说，自己也在东京住了四十年了，而且还一直工作在广告公司这种时代前沿的企业，跟“老土”挨得上边吗？

生长在横滨的妻子，对于名古屋郊区的威一郎的父母家，总是一脸不屑地说什么老土啦、封建啦之类的。其实，他的出身跟这根本是两码事。

“我问你，我们家到底谁是一家之主？就算我退了休，我还是一家之长啊。可现在哪还像个家……”说着说着，威一郎不觉伤感起来，为了掩饰，他提高了声调，“你觉得现在我们家这样正常吗？”

“怎么不正常了？哲也和美佳也自立了，不是生活得挺好吗？你也可以随心所欲地过自己的日子啊。”

妻子懒得再搭理他了，扭脸朝露台看去，突然“哎呀”叫了一声，直奔露台。

剩下威一郎一个人，又抱着胳膊沉思起来。

今天妻子突然回来，还说要去外面工作，都是他始料未及的。

原本娇小姐出身，大学毕业后只干过一段时间OL的洋子，从来没有对威一郎说过想要出去工作的事。

可是现在，她说得这么坚决，可见不是说着玩的。不过，等她干起来就知道了，当了这么多年家庭主妇，肯定受不了那份辛苦，很快就会打退堂鼓的。

所以，既然她这么想干，干脆先顺着她的意愿，随她去算了。

他这么想着，朝露台一看，妻子正拿着花洒给枯萎的花浇水呢。

水滴溅到了露台门的玻璃上，反射着午后明亮的阳光。

对妻子在家里给花浇水这样的情景熟视无睹，才是正常的生活状态吧。

他正这么漫然地想着，妻子回到了房间里。

“天气越来越暖和了，每天要早晚两次给花浇水。”

你自己想走就走，想来就来，现在还好意思对我指手画脚，他没加理会。妻子提高了嗓门：

“跟你说话呢，听见了没有啊？”

这么介意花的死活，干脆搬回来不就得了。他没敢把这话说出来，生怕惹恼了她。

“知道了……”

“别总糊弄我。”

回头瞅着一再叮嘱他的妻子，威一郎突然想起了钱的事。

托妻子出走的福，他才得到了一个有不少钱的存折。可是，其他存款在哪儿呢？这事还是让他放心不下。

“前几天，你虽然给了我一个存折……”

妻子一下子没明白威一郎的意思，奇怪地瞧着他。

“暂时这样可以，不过，其他的存款，你收好了吗？”

“什么收好了吗？都放在银行的保险柜里了呀。”

“钥匙你拿着呢？”

“不可以吗？”

“也不是那个意思……”

妻子走近了一步，严肃地说道：

“剩下的钱都是我们的共同财产呀。以后还不知道会发生什么事呢，应该好好存起来吧。”

听她的口吻简直就像在训孩子。这还用她教自己吗？

“公司给我的企业年金呢？”

“也都在账户里呢。”

这么看来，妻子虽然离开了家，但是并没有和自己分开的意思。

“那就好……”

“存折里的钱，省着点儿花。因为你总是磨磨叽叽地要钱，才把它给你的。”

“那不是我的钱吗？”

“话可不能这么说啊，现在可是年金生活呀。”

“你自己随便搬出去住，居然还这么理直气壮地说别人。”

跟妻子一说话，他就闹心，现在还是先走开，回自己房间里去躲一会儿得了。

于是，威一郎回到自己的房间，躺倒在床上。

才两点半，午后明亮的日光从没有关严的窗帘缝隙里射了进来。

他闭着眼睛躺着，隐约听见吸尘器嗡嗡地响了起来。

她擅自搬出去住，还在那边找了份工作，可现在又突然跑回来打扫起卫生来。

她到底是怎么想的？无论是抛开这个家，跑去女儿那儿住，还是随便出去打工的事，都是她自作主张，这就是所谓的女人不知足吧。

算了，暂且随她去折腾吧。他迷迷糊糊地打起盹儿来，突然门开了，响起妻子的声音：

“我走了。”

“啊……”

威一郎赶紧坐起来，妻子已经走出了房间。

难道说她就不能表现得稍微热情一点儿吗？他这么思忖着，走到了走廊，看见妻子正拉着装满了换季衣物的箱子朝玄关走。

看着她那撅着屁股走路的背影，威一郎立刻打消了送送她的念头，回了屋。

小太郎却在玄关“汪汪”地叫个不停。

大概是知道妻子要走了吧，它的叫声半是撒娇，半是哀求。

也许是妻子哄了它一下，小太郎又叫了两三声，就安静下来了。

妻子好像已经走了。

送完了妻子，小太郎回到屋里，在威一郎脚边蹭着，意思是告诉他“她走了”。

“好了，好了，那种人，别搭理她。”

他开导着小太郎，然后，起身去了玄关，看见门已经关上了。

他锁上了门，想喝点儿啤酒，正要打开厨房里的冰箱，只见冰箱门上贴着一张纸。

“可燃垃圾……周三、周六，可回收垃圾……周二，不可燃垃圾……每月第一个周二、第四个周一，塑料瓶……每月第一、第三个周一。别忘了给花浇水，关火，关门。”

这纸条毫无疑问是妻子贴的。

妻子写字本来就很有劲儿，这纸上的字又是用黑色碳素笔写的，更显得飞扬跋扈了。

“这些事……”

看她这意思，这么多活儿，我都得照办吗？

真是狗拿耗子多管闲事。他刚想一把撕下来，一转念，还是不撕的好，便打开冰箱，拿了一罐啤酒。

打开啤酒，他咕嘟咕嘟喝了一大口，恨恨地骂了一句：

“浑蛋。”

事到如今，我可不会听随便离家出走的女人指挥，离开家的女人给我闭嘴。

他刚这么嘟囔了一句，又觉得不大对劲。

从妻子这么堂而皇之地贴条子来看，多半是想要以此来割舍掉对我和小太郎的一丝留恋吧。她已经不会再回这个家了，所以才这么明目张胆地贴纸条、下命令吧。

从她刚才一连串的表现来看，似乎并非仅仅是逞能不回家，而是想要完全离开我，做自己想做的事，过自己想过的生活。

难道说，她是为了向我宣布这个决定才回来的吗？

的确，一个月没见的妻子，她说话办事都显得富于朝气，充满活力。

以前在家里的时候，她成天眉头紧锁，嚷嚷着“头疼”啦，“睡不着”啦，无精打采的。

可今天她的气色特别好，声音也特别响亮，身体也不那么臃肿了，简直像换了一个人。

这么说来，和我在一起的时候，她确实是得了“丈夫居家，妻子精神紧张综合征”了？我就是她的病因了？

“爱怎么着就怎么着吧。”

威一郎想要甩掉划过脑海的不快，咕嘟咕嘟喝起啤酒来。

大概是喝得太急了，他突然剧烈地咳嗽起来，吐出了一口酒，他赶紧往厨房跑。

他拿手巾擦了擦嘴，嘴里只剩下一股啤酒的苦涩味儿。

“怎么回事……”

年轻的时候，自己从来没有因为这么一口气喝酒而呛到过，这也是上了年纪的关系吧。

他突然没有了自信，环顾四周，房间里静悄悄的。

刚才那个烦人的妻子走了，自然就安静下来了。

他应该感到耳根子清净才是，可是又觉得很寂寞。

一想到每天都要自己打扫房间，收拾餐具，他就感到烦恼。

一个人过日子就是孤独啊。

能不能找个什么人来家里呢？他自然而然就想到了小西佐智惠。

“既然妻子可以为所欲为，那么我也可以为所欲为。”

他在心里念叨着，打开了笔记本。

虽然还不知道她的住处和电话号码，但他知道俱乐部的电话。

威一郎从手机里找出那个电话，盯着看了一会儿，摁了键。

一个女性立刻接了电话，他说了自己的会员号码，询问了下次约会的情况。

和小西分手的第二天，他就预约了下次，但他还是想再确认一下。

“是的，星期四，您和小西小姐有约。”

“没有问题吧？”

“您就放心吧。”

“谢谢。”确认之后，他挂了电话。

他坐在椅子上慢悠悠地喝着啤酒，嘴角不由得松弛下来，漾起了笑意。

妻子那家伙，不想回家就别回来，有本事永远都别回来才好呢。

我也有好多想干的事呢。

他喃喃自语着，竟思考起下次约会去哪儿吃饭了。

上次去的是虎门的一家饭店，所以下次就去涩谷那里一家饭店吧。

在那家饭店的最高层可以俯瞰整个东京都，遇上晴天的话，据说还能够看见富士山呢。

那一层好像有个法国餐厅，带小西去那儿的话，她肯定会特别吃惊、特别激动。

当然，饭后再去酒吧坐坐。不过，选择涩谷的最大理由是因为从那儿到自己在二子玉川的家比较近。

“要不要来我家坐坐？还有小狗等着见你呢？”这么一说，也许她会来家里的。

“可是，您家里人……”她这么问的话，回答“妻子不在”是否合适呢？

像上次那样，一听说家里就我自己一个人，她反而会警惕起来的。也许应该说“她今天出门了”比较稳妥。

也许她一听我提到二子玉川，就退缩了呢。

这里离她住的木场相当远，加上换电车的时间，大概要一个小时以上。

“她会到这么远的地方来吗？”

威一郎突然不安起来，“没问题。”他自言自语道，“回去的时候，帮她叫一辆出租车就行了。”

从这里到木场的车费大概是多少呢？虽然没有坐过，但从公司到家里差不多要八千元，她家还要远一些，估计要一万元左右吧。

真是够贵的，可是时间比较晚了，也没有办法。

比起给任性胡为的妻子和女儿花钱来，一万元算不了什么。花在小西身上，要有意义得多，再说也是为了自己。

“好，这回一定要把她带来。”

他对自己说道，忽然发现小太郎不在身边。

它去哪儿了？威一郎去客厅找，看见它正蜷缩在沙发上，那个地方一向是威一郎的宝座。

“你怎么了？”

招呼它也爱答不理的，可能是有些忧郁吧，不然就是担心主人夫妻拌嘴的事吧。

“好了，好了，没事的。”

威一郎摩挲着它的脑袋，它这才爬到他的腿上来。

“那种任性的女人，别想她。”

然后，他又对舔着他下巴的小太郎说道：

“这回我给你带一个特别特别年轻可爱的姐姐回来，你肯定吓一跳。”说完，威一郎又抱起小太郎命令道，“听着，那个姐姐的目标是你，她是来看你的，所以，拜托了，你一定要好好献献殷勤，让她喜欢你，听见没有？”

威一郎这么一说，小太郎好像听懂了似的，张开大嘴，吭吭地低了两下头。

chapter 12

/

二子玉川

今天晚上，和小西佐智惠见面的饭店位于沿着涩谷站的国道246号线往西去的一个缓坡上面，在马路左边。

这个饭店是八年前建成的，威一郎还没有来过。

饭店有四十四层高，在涩谷一带显得鹤立鸡群，而且据说在最上面一层，天气好的时候可以看见富士山，所以他一直想去一次。

今天，和小西在这儿约会，一是因为这一特色，但最大的原因还是从这里去威一郎二子玉川的家不算太远。

饭后，他想鼓起勇气邀请她来自己家。成功与否没有把握，反正想试一试。

她肯定会感到意外的，不过，在这个饭店里邀请的话，不会显得那么不自然。

考虑到这一点，他才选定了这个饭店。

约定六点半见面，还有一点儿时间。

威一郎站在离入口不远的前厅左边的大柱子前面，环视着四周。

这家饭店的前厅可真够豪华的。

首先天花板很高、很宽阔，而且前厅里面靠窗边的坐席呈半圆形，摆放着好几套宽大的桌椅。

小西说她没有来过这个饭店，威一郎猜想肯定会让她很吃惊的。

然后带着她去位于最高层的西餐厅，两天前威一郎已去那里侦查过了，而且预订好了今晚六点半的两人餐位。

确认了今天的安排之后，威一郎去了趟厕所，回到前厅时，看见一位女性从旋转门走了进来。

她个子虽不太高，但身材窈窕，穿着淡粉色的连衣裙，披着白色的披肩，一看就知道是小西佐智惠。

威一郎不由得举起了右手，正要朝她走过去，她已经跑过来了。

她这单纯的表现，实在是可爱。

“好找吗？”

“嗯，很好找。”

一看表，正好六点半，她很守时这点也很可爱。

“这个饭店的最顶层，四十四层有家餐厅。我们上去看看吧。”

小西显得有些惊愕，威一郎没多解释，迈步往左边的电梯间走去。

幸好没有其他客人，他和小西两个人靠在电梯的一边，从一层一直上到四十四层。

这么点儿事自己就心神不定的，威一郎觉得很不可思议。

很快就到了最上面，威一郎先走出电梯，沿着弧线形的走廊往左走去，右边是酒吧，再往前就是餐厅的入口了。

威一郎先一步走到餐厅，站在门口的服务生鞠了一躬，欢迎二人。

“我是已经预订了座位的大谷……”

服务生一听就明白了，于是便在前面引路，带他们来到里面靠窗边的餐桌前。

威一郎让小西坐在里面，自己坐在外面的座位上，跟她对面而坐，然后长长舒了口气。

上次，虎门的那个饭店是比较大众口味的餐厅，这里却是高层饭店最顶层的豪华法式西餐厅。

来这里就餐的客人大多是比较富裕的中老年人。

“这里太美了。”

小西对这里的豪华很是惊讶，低声赞叹着，静静地瞧着窗外。

相向而坐的餐桌侧面全都是落地玻璃窗，往下面看去，密密麻麻的高楼大厦和绿色树木犹如一堆模型般尽收眼底。

“那边可能是中目黑。”

他把上次来预约的时候，跟服务生了解到的情况讲给她听。小西看得特别专注。

“晴天的时候，据说还能看见那边的富士山呢。”

威一郎回头望去，当然，日暮时分是看不到的。

“美得就像仙境啊。”

小西轻轻说道。这时，服务生过来问：“需要餐前酒吗？”

“好啊，来瓶香槟吧。”

从这么高的地方俯瞰下面，人的胸襟也变得开阔起来。

“按照您预约的套餐上菜可以吗？”

“好的。”

一个人近两万的开销，两个人只是餐费就将近四万，不过，这点儿花费早已在他的预算之中。

“对不起。”

小西说道。大概是觉得带自己到这么豪华的餐厅来，有些不好意思吧。在威一郎眼里，这也是她的可爱之处。

很快香槟送来了。威一郎举起杯子，等着小西也举起来后，轻轻碰了杯。

“为了我们两个人……”

威一郎有些不好意思，但还是说了出来，小西也轻轻抿了口酒。

不一会儿，菜上来了，第一道是餐前点——扇贝冷盘。

威一郎突然想起什么，于是拿起菜单，看见封皮上印着“COUCAGNO”。

“这个据说是读‘库卡尼奥’，你知道是什么意思吗？”

小西看了一会儿，威一郎等着她问“什么意思”，再告诉她。

“好像是‘桃源乡’的意思。”

这是上次他来的时候，服务生告诉他的。小西看着字母问：

“这是法语吗？”

“大概是吧。我也是刚刚知道的。在这里吃饭，真是名副其实的桃源乡啊。”

他本想加上一句“和年轻女性两个人一起吃”，但没有说出口。

两个人这样眺望着下面灯光璀璨的街景时，又上了一道菜。

主菜之后，是熏龙虾芦笋。

“怎么样？好吃吗？”

“好吃。”

紧张地使用着刀叉的小西，第一次露出了笑容。

威一郎也很高兴，忽然发现香槟已经喝光了。

他想要一瓶白葡萄酒，又考虑到小西不太能喝，便换成了一杯白葡萄酒。

喝了一口后，突然所有灯光都熄灭了。

怎么回事？他奇怪地回头询问，服务生过来告诉他："因为一到夜晚，房间里暗下来的话，下面的夜景看着更美……"

于是，他们再次往窗外一看，下面闪烁的万家灯火显得更加明亮了。

"在这里，夜景也是一道好菜呢。"

他觉得自己说了一句很风雅的话，小西也点头表示赞同。

看现在的情形，两人年龄虽然差了不少，却没有感觉到什么代沟。

威一郎越来越有自信了，不停地让小西品尝烤比目鱼、酱鹅肝等。

不过，在这样的高级餐厅里，像他们俩这样的一对儿，别人会怎么看呢？

大概会被看成父女俩吧。可是父女的话，一般不会到这样的地方来的，所以会被看作情侣吧。威一郎有些不自在，看看其他客人好像都没有注意自己，服务生也在忙碌着。

谁也不用介意，正大光明的。他这么对自己说着，继续用叉子吃起来。

他觉得西餐菜量很大，每道菜都很别致，而且比预想得要清淡，很合口，所以每一道菜都吃得很干净。这时，主菜烤里脊肉上来了。

吃完这道菜，就是甜点了。

然后，干什么好呢？原来是打算邀请她去二子玉川的家里的，可是，什么时候说比较合适呢？

最好是不露声色地，突然想起来似的跟她说。

他正琢磨的时候，甜点来了。服务生问：“请问，有咖啡、红茶，还有香草煎茶等，二位要什么呢？”

威一郎要了咖啡，小西也要了咖啡，然后静静地望着窗外。

天已经完全黑了，下面仿佛是灯光璀璨的星海。据说天气好的时候，从东京湾到跨江大桥都能看清楚，但现在只能看见从羽田机场起飞的飞机尾灯的光亮划过夜空。威一郎追逐着那条光线时，小西也望着同一个方向。

这样默默地过了几分钟后，威一郎下决心问道：

“那个，一会儿想不想去我家看看？”

一瞬间，小西迷惑不解地瞧着威一郎。

看她的表情好像是没有反应过来，怎么突然说起这个呢？

“我家就在前面的二子玉川……”

“……”

“上次我也跟你说过了，我家有一条比格犬，我特别想请你去看看它。”

这是威一郎准备好的台词，小西还在思考。

这时，咖啡送来了，服务生将咖啡杯放在二人面前，退了下去。

威一郎等服务生走了，再次发出邀请。

“从这儿打车去的话，很快就到，回去时我给你叫出租车。”

一直在思考的小西终于开口说：

“可是，这么晚了，突然去……”

她的担心也不无道理。虽说受到邀请，可是，那边是什么地方，家里都有些什么人呢？万一夫人在家的话，会怎么想呢？她心里大概在想这些吧。

“其实，说是家，也只有我和小太郎。”

“……”

“待一会儿就行，去见见那只狗，好不好啊？”

现在他只能以小太郎为借口了，小西终于回答：

“那个，您一个人住吗？”

这么晚，突然被邀请去年龄差了一倍多的大叔家，她当然会为难了。

“不是，妻子去成田了，现在不在家。虽说家里不那么宽敞，只待二三十分钟就行，怎么样？”

说实话，既然已经来了这个地方，要是不去家里的话，这么贵的饭就算白请了。

“我真的只是想请你看看狗。”

除此之外，自己并没有别的企图，这一点也务必先说清楚。

“那家伙特别寂寞。”

“……”

“才八点半，九点半就给你叫车。”

按俱乐部规定，约会要在十点之前结束，所以也并不算过分。

“只是待一小会儿……”

他再一次恳求般地说。小西终于点了点头。

“那我去一下就走。”

“谢谢了。”

威一郎不自觉地两手扶着桌子，深深低下了头。

吃完后，一结账，是五万两千元。

西餐外加香槟和葡萄酒的花费，这个数额和他预想的差不多。不过，自己掏腰包，吃这么昂贵的西餐，还是第一次。

一瞬间，他觉得有些不划算，不过，一想到现在要和年轻的女性去自己家，心情便豁然开朗了。

他们再次乘电梯下到一楼，从前厅走出大门，坐上了等在门口的出租车。

“去二子玉川。”威一郎对司机说。

“好的。”司机立刻回答，“走高速吗？”

其实，没有多远的路，不上高速也可以，但威一郎很爽快地点点头说：“可以。”

和小西两个人坐出租，还是第一次。

一瞬间，他陷入了一种错觉，仿佛现在要去什么地方秘密旅行或去情人旅馆似的，威一郎告诫自己：

“别胡思乱想。”

今天去家里只是见见小太郎。顺便让她知道，现在自己是一个人生活，妻子不在身边。

也许独自跟着男人去一个陌生的地方，使她感到紧张吧，小西一直瞧着窗外，一动不动地坐着。

“这一带，你没怎么来过？”

为了让她心情放松一下，威一郎问道。

“是的。”小西应了一声。

“天晴的话，从高速都可以看见富士山呢。”

他想尽量缓和一下小西的紧张心情，可是，她的眼睛仍然盯着窗外。

看起来，俱乐部只是负责介绍约会的对象，两个人以后想怎么发展都与他们无关。如果俱乐部一直参与的话，就和拉皮条的一样了。

这方面，客人和女性也都心照不宣，从约会往后的事，由当事人自己决定。

当然，如果两个人都有意的话，男人不用花钱也能够随意见面的。但是，据他所知，这样的情况并不多见。

实际上，上次和这次一样，威一郎都是出了约会费的，对于小西来说，就是一次工作。

当然，这种工作对女性来说有一定的危险，所以男性客人的情况俱乐部都了如指掌。

威一郎入会的时候，出示了身份证，所以俱乐部方面对他的住所、年龄和职业都很清楚。

只是威一郎觉得填写无职业太寒酸了，所以填写的是原公司的“顾问”。

尽管这是威一郎自己胡编的，但在小西眼里，他是某大广告公司的大人物。

那么，做事就要符合自己的身份才行。

威一郎再次告诉自己。这时出租车已经下了高速，进了八号环线。

再往右一拐，从二子玉川站前往左去，就是威一郎的家。

车子依照威一郎的指挥，穿过热闹的站前马路，沿着和多摩川平行的公路开了一段，便进入了骤然安静下来的住宅街。再往前，上了一个缓坡后，威一郎便叫司机停下了车。

“啊，啊，就停在这儿吧。”

威一郎付了车费后，下了车，小西也跟着下了车，看了看四周。

其实，从车站步行到这儿只要七八分钟的时间，周围突然之间变得林木葱郁，寂静无声了。

“白天，能够看见前面的多摩川。”

威一郎告诉她。但现在被夜幕中的树木遮挡着，什么也看不见。

“请吧……”

从小路往里走了几步，有一座五层楼的建筑物，威一郎当年买房的时候，这个公寓在东京都内也是很有人气的。

他拿钥匙开了公寓大门，穿过走廊，乘电梯径直上了三楼。

从电梯往左的第三个门就是威一郎的家。

刚一打开挂着“大谷”名牌的门，小太郎就蹿了出来。

晚上很少家里没有人，大概是太寂寞了吧，它一边发出撒娇的叫声，一边用身子蹭着他。

“好了，好了，今天晚上有客人噢。”

小太郎听了，抬头瞧了一眼小西，马上又接着蹭起威一郎来。

“请进吧。”

威一郎对小西说着，拿出拖鞋，她说了一声“不好意思”，便换上了拖鞋。

等小西换完鞋，他便领她去了客厅。刚一打开灯，小太郎就在房间里转起圈来。

“请这边坐。”

威一郎请小西坐在L字形沙发的中央，自己在九十度拐角那边坐下，忽然想起了什么，于是赶紧去了厨房。

刚刚才吃完饭，所以威一郎从冰箱里拿出了乌龙茶，倒了两杯，端进了客厅，只见小太郎正盯着小西看呢。

因为这个客人是第一次来访，小太郎大概比较警惕吧，不过，它还是一点点凑了过去，舔起小西伸向它的手来。

“它不认生吧？”

小西好像终于放了心似的，看着房间里问道：

“您一个人住在这里吗？”

“是啊，现在是。”

小太郎好像终于放心了，跳上沙发，想要趴到小西的腿上。

“哟，好痒痒。”

好像知道对方是女性似的，小太郎很快就跟她亲热起来。

“它叫小太郎。”

“好可爱的名字。”

小西好像并不讨厌它跟自己亲热。

她一伸出手，小太郎就赶紧献殷勤，不知什么时候，它已经坐在小西的腿上了。

“你家里养的比格犬怎么样啊？”

“它特别认生，见了生人就知道叫唤，根本亲近不了……”

相比之下，小太郎不认生还真可贵呢。

“它叫什么名字？”

“拉尔夫。”

这名字听着有点儿吓人。

“下次让你的拉尔夫和小太郎认识一下吧。”

“不行，不熟悉的狗一靠近，拉尔夫就叫个没完。”

“不过，特别可爱吧。”

“是啊，只有我的话它才听呢。”

女性大概都喜欢只听自己话的狗吧。

“可是，就您和小太郎住在这个家里吗？”

“算是吧，现在只有我们俩住在这儿了。”

两年前退休以后，和妻子的关系越来越僵，最近她到女儿的公寓去住了。不过，现在似乎没有必要解释这么多。

“房间真大呀。”

一百平方米的屋子一个人住，自然显得很宽敞。

“你住多大的房子？”

“我住的地方只是一居室的单元房。”

年轻女性自己单住也足够了。

以后会如何发展呢？虽说好不容易才把她请到了家里，但是也不适合提起这个话题。可是，什么也不说的话，小西也会觉得不自在的。干脆打开电视吧，可又嫌吵。

威一郎看看周围，忽然想起什么似的说道：

“这边是我的房间……”

他若无其事地站起来，问：“要不要来看看？”小西只好跟着他走去。

既然来了，也让她多少熟悉一下房间才好。他们来到走廊上，打开客厅对面的房间，是威一郎的书房。

“请进……”

一招手，小西慢慢走了进去。

威一郎打开灯，左边是一张桌子，桌子那边横着一张床。

“晚上我就在这儿睡觉。”

两个人就这么站着的时候，他忽然涌起了一股想要拥抱她的冲动，可是，现在这么做的话，就前功尽弃了。

“走吧……”

他轻轻关上门，二人来到走廊，回到客厅后，小西似乎安心了。可这么一言不发地对坐着还是会让她紧张，威一郎于是打开电视，屋里顿时响起了乱哄哄的声音。

“你喜欢看什么节目？”

“没有什么特别喜欢看的……”

最近的女孩子比起看电视来更喜欢听音乐，女儿美佳就是这样，小西多半也是吧。

可是，就算她说喜欢听音乐，现在家里也没有适合她听的音乐光盘。

现在，最重要的是如何把今天的约会和以后的约会连接起来。

威一郎关掉电视，问道：

“下次我们去京都转转好吗？”

小西一下子没有反应过来似的。

“在京都品尝美味菜肴，游览琵琶湖新绿的美景，你觉得怎么样？”

这次小西什么也没有说，低下了头。看样子她做梦也没有想到两个人会单独去旅行。

其实，威一郎也没有期望她会同意，只是表达一下自己的愿望而已。

“我很想利用周末的时间，去那边好好玩一玩。”

“……”

“现在京都正是观赏新绿的时节。”

虽然小西没有回答，但今天能说到这个程度，他已经很满足了。

下面聊点儿什么好呢？今天晚上，和年轻女性单独在一起，威一郎显得有些不知所措。

“吃点儿点心吧。”

“不了，我已经……”小西慌忙摇摇头。

刚刚吃了那么多西餐，她自然不想再吃什么了。

那么聊什么呢？他正琢磨的时候，小西扫了一眼挂钟，小声说：

“我该走了。”

“这么一会儿就走吗？”

来了还不到三十分钟，墙上的钟表指着九点半。

从这里去木场的话，差不多要一个小时，所以，规定的约会时间已所剩无几了。

“遗憾哪……”

他还希望她多待一会儿，可是如果勉强的话，只能给她留下“缠人大叔”的印象。

不如就满足于今天晚上把她带到家里来吧，多给她一些富余的时间，现在让她回去应该比较明智吧。

“好吧，请有空再来玩儿。”他爽快地说，又搬出小太郎做诱饵，“还有，小太郎也等你来呢。”

看见小西苦笑，威一郎站了起来。

“我帮你叫一辆出租车。”

“不用了，我去刚才那个车站坐地铁回去。”

“没关系，马上就叫来。”

威一郎拿起电话叫出租车。

“那个，真的不用麻烦了。”

小西还在客气，威一郎仍然打了电话，对方说五六分钟就到。

威一郎拿起钱包，取出两张一万元的钞票。

这个时间，去木场的话大概一万两三千，所以这些足够了。稍微多给了一点儿，也是为了证明自己不是吝啬的人。

“这些是车费。”

“我不要，这么多……”

“没关系，拿着吧。不过，以后还要来啊。我一个人特别寂寞。”

最后他说了实话，小西笑着点点头。

马上该回去了，她也放心了吧。

“还有，有时间一起去京都吧。”

明知她不会轻易答应，但他还是觉得最好再说一次。

小西没有明确表态，不过，好像也没有不高兴。

两个人逗着小太郎时，对讲机响了，好像是出租车到了。

“再见……”

威一郎站起来，小西也拿起手袋，站了起来。

到一个陌生男人住的地方来，她看上去一直都很紧张。

威一郎先去了玄关，小太郎也跟了过来。

“真乖，你也来送姐姐呀。”

威一郎抱着小太郎，和小西一起乘电梯下到一楼，走出大门，看见出租车就停在大门外。

虽然还算不上是春天时的朦胧月夜，不过，天空云雾笼罩，月光很黯淡。

“好，路上小心。”

“知道了。今天让您破费了，真是谢谢了。”

小西又深深鞠了一躬，感谢道。

年纪轻轻的礼数这么周到，虽说刻板了点儿，却也惹人爱。

“再联系。”

威一郎伸出右手，小西也轻轻伸出手来。威一郎紧紧握住她的手，又叮嘱了一遍：“一定要再见面啊。”

“好的。”

小西点点头，又鞠了个躬，才上了车。

“再见。”

不知她听见没有，汽车发动了，威一郎挥了挥手，小西也在车里挥了挥手。

汽车开动了，拐了弯之后，威一郎自言自语地慢慢说道：

“回去了……”

他情不自禁地朝着空中叹了口气，回了公寓。

家里空荡荡的，小西已经不在了。威一郎从冰箱里拿出一罐啤酒，一口气喝了一大口。

仿佛干完了一件大事似的，他觉得疲惫不堪。

今天晚上的餐费加上打车费，以及给俱乐部交的约会费合在一起，快十万元了。

一天之内就花了这么多，自己从来没有过，虽说够奢侈的，但同时也获得了某种满足感。

即使会被人说成是冤大头，比起让妻子和女儿这么浪费钱，也是物有所值了。

“你说对吧？”

他问小太郎，两手抱住了它。

说起来，今晚最大的功臣是这小家伙。有小太郎在家陪着自己，实在是不幸中的万幸啊。

“喂，谢了。”

威一郎把小太郎抱起来，跟小太郎蹭鼻子玩儿。小太郎似乎听懂了他的话，温柔地舔着威一郎的鼻头，他也眯着眼睛让它舔着。

这时候，电话响了。

难道是小西打来的？一般她都是给自己的手机打呀。

拿起电话，原来是儿子哲也。

“怎么，是你呀……”

他不由得有点儿失望。哲也问：

“没事吧？”

“啊……”

他冷淡地回答。哲也不知该说什么好：“其实，我也没什么事。”

儿子好像是担心自己，特意打电话来的。

威一郎点点头，直率地说：

“我很好，你放心吧。”

儿子放了心，道了晚安，就挂了电话。

跟小西的约会，还有儿子的电话，都让威一郎觉得今天晚上过得特别充实，他喃喃道：“晚安。”

chapter 13

/

追　求

从春末到夏天，威一郎不止一次地邀请小西到家里来。

其实，他最大的愿望是和她一起去京都旅游一趟，好借此机会加深关系。

他梦想着有这么一天，于是跟小西提了好几次，但她都没有表态。

真是个不开窍的女人，威一郎很意外，不过站在她的角度考虑，也很自然。

二十七岁的女人和六十多岁的有家室的男人即使结合了，也不会有什么结果的。

当然，这种关系并不是没有可能，但一般来说，除非是女方特别喜欢男方，或者就是男方特别有钱，能够给她大把大把的钱花。

冷静想想，这属于基本常识，他居然没有想到，莫非真是上了年纪吗？不然就是退了休以后，开始痴呆了？好像都不是。

可能是因为好久没有接近年轻女性了，所以每次和小西一起吃饭，心情都万分激动。这种情感越来越高涨，竟然做起根本无法实现的梦来。

“稳着点儿，稳着点儿……”

威一郎告诫着自己。

以后把约会的地点挪到家里来，可能的话尽量在家里做饭吃，然后两个人聊聊天。

当然，约会费他照常付，只不过把在外面见面改在家里罢了，应该不成问题。

这种约会对她来说也是第一次吧。尽管多半会遭到拒绝，但威一郎还是打算问问看。

于是，第三次见面的时候，他就下决心问了小西，没想到她爽快地同意了。

看来上次请她吃了豪华西餐，带她到二子玉川的家里来，让她亲眼看到了家里的情况后，才这么痛快的吧。而且，家里没有女主人，只有一只招人喜爱的小狗。比起在人多眼杂的公众场合见面，感觉应该比较轻松吧。

不管怎么说她同意了，威一郎立刻高兴起来。

“那么，以前交给俱乐部的钱就直接给你好了。”

把应交的约会费全都给小西，她也划算。

但是，小西拒绝了这个提议。

“还是像以前那样交给俱乐部吧。”

这样她就可以单纯作为工作而约会呢，还是为了避免陷入更深的关系里去呢？

她的真实想法不得而知，可她希望这样也没有办法。

既然如此，自己也就死了心，就当她是为了工作来家里好了。

考虑到二子玉川的家离市中心比较远，所以小西来家的时间约定在六点半至七点之间。然后，两人或者出去吃，或者买来盒饭在家里吃。饭后，看看电视或聊聊天，最迟九点以前让她回家。

“这样可以吗？”

他这么一问，小西爽快地答应了。不仅答应了，还主动问他：

“可以的话，我给您做简单的饭好吗？”又说：“打扫卫生也可以啊。”

威一郎当然求之不得了。

这不就等于雇了一个夜晚来干活儿的家政服务员吗？两万元是贵了些，不过，能够和一个年轻可爱的家政服务员在自己家里一起度过几个小时，也是件美事啊。

“那就拜托了。”

威一郎高兴得不由自主地又深深鞠了个躬。

小西到家里来，今天已经是第八次了。

威一郎跟她约定每周来一次，有时特别想见她，就让她来两次。其实周末也想见她，考虑到妻子会突然回家，所以尽量避开。

起初，她按照威一郎的吩咐，在附近的超市或便利店买来两份晚餐。从第三次开始，她便买来各种材料，在厨房给他做着吃了。

由于在别人家的厨房做饭，一开始她不熟悉锅碗瓢盆的位置，但很快就都能找到了。从第二次开始，就能够动作麻利地做饭了。

她做的饭，出乎威一郎的意料，很精致也很可口。

第一次做的是长面包加火腿洋葱沙拉，搭配菜肉卷和高汤。

第二次，她说：“这回给您做一顿日本菜。”

摆上餐桌的是烤鲑鱼片、肉片沙拉、煮南瓜，以及大酱汤和米饭。

这和妻子在家没什么两样了。

而且，还可以和她面对面地一起吃饭。

“就像是刚结婚的小两口似的。”威一郎话到嘴边，又咽了回去。

虽说是这么回事，但小西可能不喜欢这样的说法，她只不过把做饭也当作晚上的工作之一吧。

随着对家里的情况越来越熟悉，小西也帮他浇花、喂小太郎，甚至还给他打扫房间。

正如他期待的那样，就跟雇了个家政服务员似的，不过，这样的家政服务员真是太难得了。

最让他高兴的是，基本上不怎么花钱。

以前在外面吃饭，然后在酒吧喝酒，花费很多。除了涩谷的饭店比较特殊外，两个人一晚上一般最少也得两三万。

现在，只须支付小西从超市买东西的费用，何止省了一半，有时候十分之一就够了。

他觉得有点儿过意不去，从第四次开始，包括买东西的钱在内，每次都给她一万元，告诉她“剩下的是你的小费”，小西也没有推辞。

她让威一郎给俱乐部交两万元约会费，却收取小费，让他觉得不可理解，这大概就是年轻女孩子特有的理性之处吧。

总之，每次在家里约会花费三万元，他觉得挺划算的，乐得合不拢嘴。

每次小西来的日子，他都要傍晚开始泡澡、刮胡子，把自己收拾一遍。

还换下了家居服，穿上名牌的、颜色比较鲜艳的短袖或 T 恤衫等等。

小太郎好像也知道小西要来似的，学着主人的样子，兴奋得不得了。因此，威一郎每次给它梳理毛发时都嘱咐它。

“今天晚上姐姐来，你得表现得亲热一些。”

其实，真正想要表示亲热的是威一郎自己。

“她归根结底是来工作的家政服务员。”虽然这么想，但他还是抱着一线希望，“不过，也不一定。”

小西一到家里，总是先打扫房间，然后做饭。有时候会问“有没有要洗的衣服”，连衣服也帮他洗。

这些活儿，她都是当作工作来做的，不过，也许因此有机会能接近她呢。

毕竟是两人单独待在封闭的公寓里，威一郎如果强迫的话，有可能跟她搂抱或接吻。

可是，如果这样硬来，她不愿意怎么办呢？她一生气，要马上回家的话，一切就都完了。

以后小西不但不会再来，而且自己也见不到她了。

能不能想个办法，以比较温和的方式和她亲近呢？

威一郎不断地寻找着机会，却一直没有找到。首先，最不好办的是，她一直不闲着。又是做饭，又是打扫卫生，这种时候是很难突然拥抱她的。

等到她好不容易闲下来的时候，又对坐着吃饭，也没有出手的机会。

然后就是吃完饭，等她收拾完之后。

这时候已经八点多了，威一郎先在沙发上坐下，小西坐在L字形的侧面的沙发上。

威一郎真希望小西能坐到自己身边来，这样可以自然地接近她，也有机会搂搂肩膀什么的。

可是，突然对她说“请坐到我这边来”，也显得挺不自然的。

现在这么坐着，互相能够看见对方的脸，说话更方便。

总而言之，这是威一郎和小西唯一从容说话的时间。

当然一般都是威一郎问，小西答。大多是关于小西的父母家，以及她现在的工作。

因此，威一郎知道了她家在水户，她父亲是在水户那边一个与建筑相关的公司工作。

家里还有她母亲和在当地上大学的妹妹。难怪小西这么懂事，因为她是姐姐。

小西就职的IT行业正是威一郎最不擅长的领域，所以他没有详细打听，不过，她似乎对操控电脑相当熟悉。

“会这项技能，以后就不愁找不到工作啊。”

威一郎钦佩地说道。但她淡然地回答：“像我这样的人多的是。”

其实，威一郎最想知道的是她有没有男朋友。

所以，第三次来家里的时候，他就问她：“有喜欢的人吗？”

“没有。”她很干脆地摇摇头。

也是，有男朋友的话，她也不会来这个俱乐部工作了。

可是，她为什么来这个俱乐部工作呢？她回答：“因为想住在更好一点儿的地方。”

的确，光靠公司的工资在东京生活比较拮据。不过，她居然有勇气做这样的工作。

威一郎又问她："你为什么选择这个工作呢？"

她犹豫了片刻："我的朋友里有人在做，所以……"

大概有朋友介绍的话，进这行比较容易一些吧。

小西的话，听起来都非常自然，没有丝毫夸张或遮掩。她这种不加粉饰的性格，表现出了二十七岁独身女性所特有的朴实的一面。

"我要是有你这么个女孩子就好了。"

听他这么一说，她问道："您没有孩子吗？"

"不，有一个儿子和一个女儿……"

他忍不住说了出来，只不过现在两个孩子都搬出去独自生活了。他觉得没有必要把这些都告诉她，便没再往下说，她也没有再问。

他这才意识到，两个人看似在聊天，其实小西几乎没有提过问题。

第一次见面的时候，也是威一郎自我介绍"我是大谷"，她只说了"我是小西"。对于他是做什么工作的、爱好什么之类的事，她一句也没有问。

当然，在俱乐部登记的资料里，写着年龄六十二，东亚广电顾问，所以，大致情况她已经知道，也没有必要知道得更多了。

然而，威一郎并非不希望她多问一些。比方说"您的公司在什么地方""现在忙吗""经常要出差吗"之类的，对他再多表示一点儿关心就更好了。

当然，他已经退休了，谈论的肯定全都是以前在公司时候的事，但这会使他觉得安心，不紧张。

对方什么都不问的话，就好像被人看出他已经退了休似的，这让他坐立不安。

所以，有时候威一郎会主动说起公司的话题来。

“最近，广告界也不景气啊。”他先说完一般的情况，然后谈起自己的看法，“不过，只有我分管的那个部门还可以勉强维持。”

威一郎退休之前负责的出版部门是仅仅占整个公司业务 10% 的二流部门，这也是他被排挤出主流的原因，但他却避而不谈。

“无论做什么都要看怎么做，最重要的是要有所变化。如果不变更以前的做法，就不会创造出新的东西来。”

这也是威一郎曾经作为宣传方面负责人大展身手时，经常听到的。

“只要观念能够转变，就能所向披靡。可是，大多数人都拘泥于思维定式，不轻易改变。”

威一郎越说越来了兴致，突然想喝点儿啤酒。

小西立刻觉察到了，问道：“我去拿啤酒吧？”

真有眼力见儿，说真的，妻子都不如她。

只要他自豪地提起当年的事，妻子不但不会好好听，甚至会把头一扭，给他一句“老掉牙的事，总挂在嘴边干吗”。

“不是靠着我在外面打拼，你才过得这么舒服吗？”尽管他想这么驳斥，可是，妻子的态度极其冷淡，似乎在说“现在跟以前八竿子也打不着呀”。

相比之下，小西就不一样了。虽然并没有特意询问过自己工作的事，但总是默默地听他说。

不可思议的是，只是这么说着以前的事，威一郎的心境就变得平和而宁静了，以至于自吹自擂起来。

他想的是，正因为已经退休了，才更要表现得像仍在工作一样。

“昨天，我跟客户谈到了很晚，吃完饭后，又一起去了银座。”

他居然吹嘘起了与现在的自己早已无缘的银座酒吧来，就好像还经常去似的。

“那种地方虽然很贵，但是因为要应酬，没办法。”

也不知道她有没有兴趣，反正她一直没有说话。于是，他主动问她：

“你对银座的俱乐部有兴趣吗？”

“您指什么？”

“就是想不想在那样的地方做女招待什么的？”

“我不愿意……”小西慢慢摇摇头，“那儿的女招待都长得很漂亮。”

“哪里，你没问题的。”

说着说着，威一郎恍惚觉得自己就在俱乐部里纵情享乐呢。

“像你这样安静而内向的女性，也许反而更受欢迎呢。”

不管威一郎怎么说，小西也无动于衷，只是抚摩着旁边小太郎的头。

对于现在的小西来说，威一郎在公司里处于什么地位，拥有什么权力等等，知道了也没有任何意义。

也许她心里想的只是如何平安无事地待到九点吧。

其实，这也是威一郎所想的。

两人一起吃完饭，小西收拾完餐具后，就在整洁的房间里安静地度过夜晚的时光。

仅此，威一郎就已经很知足了。

这样下去的话，和小西之间永远只能是主顾意义上的朋友了。

可能的话，他想要寻找再迈出一步、变成那种亲密关系的机会。

经过冥思苦想，他终于想到了一个机会，就是趁她到自己房间里来的时候。

“帮我洗个东西吧。”

以这个名义叫她来自己的房间，这样就可以两个人单独待在书房里了。

然后自己就可以拥抱她，从正面不行的话，就从背后来。

可是，小西相当地谨慎，或者说相当地聪明。每次叫她来自己房间，她都好像没听见似的，偶尔来一下，也是站在门口探个头，不往里走。

第一次请她来家里那次，就请她进来过，大概是感觉到那里危险，已经有所警觉了吧。

剩下的机会就只有在送她走的时候了。

威一郎说一句“辛苦了”，她说一句“晚安”，然后鞠一躬，这段时间，两人是站在黑暗狭窄的走廊里。

趁这个时候，自己若无其事地走近她，一边说着“我喜欢你”，一边紧紧抱住她。

不巧的是，小太郎也一次不落地总是跟自己一起送小西到大门口。

它的目的是等着小西抚摩着它的脑袋，对它说“小太郎，拜拜”。

在这种情境下，威一郎是无论如何也说不出来“我喜欢你”这句话的。

“这个事儿，也不用着急。”

还有很多机会，他对自己说。可是，每次见面都以欲求不满而告终，也实在让他心神不宁。

以前的同事内桥良二突然打来电话，是梅雨时节的一个阴沉沉的傍晚时分。

“你最近好吗？”

内桥是和他同年进公司的，也是同年退的休，所以经常有联系。

“还行吧……”

他正想问“你怎么样”的时候，对方说：

“有个事儿告诉你，听说吉田今天早上走了。”

“怎么可能呢……”

威一郎说不下去了。

吉田武彦比威一郎早五年进公司，是一位有实力的广告专家。

十年前，他任公司宣传部门的董事时，威一郎和内桥都在他手下工作，亲眼目睹了他那精明强干的工作作风。

后来，两个人都得到了他的重用和提携。三年前，他退休之后，每年只是在以他为中心的聚会上见到他两次。

“上次聚会他不是来了吗？”

“那次他好像就不太舒服了。”

这么说起来，他当时的脸色的确显得比较灰暗，酒也没怎么喝。不过，谁能想到这么快就走了呢。

“听说是心肌梗死。以前他就有高血压，一直在吃药。”

且不说退休以后，退休以前他那过人的旺盛精力，都令部下为之惊叹。

夜晚还要应酬，即使在银座喝酒喝到十二点，第二天他依旧九点准时上班。

“他还这么年轻……”

“才六十六岁。”

万万没有想到他会在这个年纪就去世了，所以更让人难以置信。

“守灵是明天晚上，告别仪式是后天。也许公司会有人跟我们联系的，你去参加守灵吗？”

“当然了。”

对自己多有关照的前辈的葬礼，当然要去了。

“不过，还算不错。”

他喃喃自语道。内桥奇怪地问：

“你说什么还算不错？”

“最近公司各种通知都不太及时。一退了休，公司就觉得不用再通知那个家伙了似的。”

“说得没错。”

居然在这些事上两人想到了一起，感慨了一番之后，威一郎又问道：

“可是，怎么说死就死了呢？”

那么精力旺盛的上司突然去世了，威一郎还是不能相信。

“是不是累着了？”

“不是。退休以后他什么也没有干，不会太劳累的。”

“可是……”

威一郎刚说到这儿，内桥就说：

“还是因为太寂寞了吧。”

“寂寞？”

那么有活力的董事，退休以后也应该过得比较充实的。难道说，不是这样的吗？

“越是像他那样的人，退休以后就越是感觉空落落的，你说呢？”

就连威一郎都感觉这么落寞，更何况吉田常务董事了。

“一退休，都是这样，成了大闲人了。”

“可是，也很舒服啊。”

“不对，不对。”内桥坚决地加以否定，“我以前身体不好的时候，听医生告诉我说，人一退休，就没事可干了，也没有人对他期待什么了，他就会想，没有人需要自己了。于是精神就会越来越萎靡，身体也会越来越衰弱。”

这样说来，威一郎也看过类似的报道。记得好像是一本叫作《老年人的活法》的书里写的，书里面还举了很多退休以后得病的例子。

“身体不受累了，跟健康没什么关系，最重要的是人活着的价值。”

没想到内桥也说出这种有哲理的话来了。威一郎沉思着，内桥突然问他：

“你现在在干什么？”

“干什么？”

“比如活动身体呀，打打高尔夫或者网球啦，最好是长跑或散步。总之，不活动着点儿，身体马上就完了。”

听他这么一说，威一郎没有了自信。现在，他很想打高尔夫，可是，一退了休，人不好凑，还得自己掏腰包，太费钱了。

当然，他也从来没有长跑或散步过。

“每天早上，倒是遛遛狗……”

“那个不行。说是散步，想歇一会儿，随时可以的呀。”

他说得没错，可是总比不散步强啊。

“你现在干什么呢？”威一郎反问道。

内桥立刻回答：

“最近经常散步。和邻居们一起走，挺有意思的。”

怪不得他这么有精神呢。他家好像是在府中那边，自己也不可能去那么远的地方找他散步啊。

“反正，干什么都可以，必须找点儿有意思的事情干才行。”

听他这么说，威一郎不禁着急了。他沉默不语的时候，内桥说：“总而言之，六十岁退休太早了，你说是吧？”

威一郎也有同感。东亚广电的规定是满六十岁生日那天退休，可是，生日前后，无论肉体上，还是精神上，根本没有变化呀。

因为满六十岁了，就被一刀切，也太教条了。

“我们这样的还可以再工作几年呢。从退休到现在一点儿变化也没有。其实，现在也许更能干呢。可是规定一律六十岁退休……”

内桥的心情他非常理解，可以说是感同身受。

在公司的时候，他可不是这么想的。每当看到五十多岁或六十岁的董事，心里就嘀咕，他们怎么还不退休啊。

他认为正是这些上了年纪的、拿着高薪的人压在上面，我们这些下面的人才这么辛苦的。

“有我们也能干的工作就好了。”

“是啊。政府也应该考虑这个问题，增加一些雇用六十岁以上退休者的工作机会。”

内桥竟然口齿流利地反驳说：

“我们要是工作的话，只靠年金生活的人就成纳税人了，那可差远了。”

的确是这么回事。不过，他们实在想不出会有什么企业愿意雇用他们。

“还是女人好啊。”内桥发出了感叹。

“为什么这么说呢？”

“最近，我老婆开始工作了。”

“在什么公司吗？”

“不是公司。原来她就有教授插花的资格证，所以不久前开始招学生来家里教插花了。”

“这不挺好的。”

“可是，她数落起我来了，什么因为你不工作啦，我才干的，等等。”

威一郎也想起了妻子。

“我家那位也教起瑜伽来了。”

“你太太吗？”

“是啊……”

妻子为此而离家出走，现在是夫妻分居呢。可是这话他实在是不好意思说。

“反正女人挺好，不管多大年纪，只要凑到一起，就热闹得跟唱戏似的。”

女人的确具有男人所没有的韧性和活力。

“我们也加油吧。”

内桥说道，威一郎点了点头。

“是啊。那明天晚上见。”

“一定来啊。”

放下电话后，威一郎长长吐出了一口气。

难道说那位出类拔萃的前辈，就因为没有了工作，寂寞而死的吗？不知道是否真是这么回事。不过，可以肯定的，是他太寂寞了这一点。

那么，自己现在有什么呢？

这么想着，一个女性的面容浮现在眼前。

“小西佐智惠……”

对那个姑娘，我是绝不能放弃追求的。无论别人说什么，也要追求下去。

或许，她正是使自己永葆青春的法宝呢。

“对吧？”

威一郎在已经变得昏暗下来的房间里自言自语时，小太郎“汪”地叫了一声。

chapter 14

/

异常接近

夏天快要过去了，威一郎对小西的思念也与日俱增。

可是，从这一段时间的接触来看，在自己家里追求她似乎有很大的难度。

天赐良机，妻女正好不在家里住，自己一个人在家，而且在非常熟悉的自己家里，应该比较容易得手。出于这样的考虑，他便一再邀请她到家里来。可是，小西的警觉性太强了，家里又太缺少情调，再加上原来以为是帮手的小太郎，好像在监视自己似的，反而难上加难。

看来为了追到她，还是找个地方去旅行比较好。如果去一个浪漫的地方，她也可能因为心情舒畅而接受自己。

当然要花些钱，不过，为了成就一番美事，出点儿钱也是值得的。

他首先想到的还是去京都。

八月已经过去了。值此秋色渐浓之时，漫步于嵯峨野一带，那也不失为一个好想法。

那一带的风景，威一郎最喜欢的是从广泽池通往大泽池的田间小道。一到那里，自己仿佛变成了一千多年以前的某个公卿，感觉心情宁静极了。去那边参拜大佛寺，再去岚山观清流。途中，还可以品尝嵯峨野名菜豆腐火锅。

威一郎越想，思绪越无边无际地蔓延开来。

然后，趁着京都天气还暖和，去游览琵琶湖，而且要去北琵琶湖，那边游人比较稀少。

可以在京都和琵琶湖畔的饭店住两个晚上，玩三天。这样的话，她也许会愿意的。

只是房间的分配是个问题。

可能的话，无论是旅店还是饭店，最好订一间大一点儿的房间，两人住在一起。

她可能不愿意吧，那分开住也行。

先分开住，到晚上再找机会。出来旅行的释放感和浪漫的感觉，以及对为自己做了这么多的男人的感激之情，这些加到一起，也许她会突然愿意和我共度良宵呢。

对，她肯定会愿意的。

从前一段交往的感觉来看，她并不讨厌自己。年龄差距这么大，结婚的可能已经没有了，所以，成为恋人这种关系比较困难。在她的眼里，自己就是个温和有趣的大叔之类的吧。

管他呢，先出去再说。离开喧嚣的东京，在游览秋意盎然的古都和罗曼蒂克的湖光山色的时候，她的心情会发生变化也未可知。

对，肯定会变化的。

也许她正等着我在那样的地方追求她呢。

不过，假如去京都的话，必须早点儿着手了解饭店等信息。

借着兴头，威一郎去了站前的旅行社，要了些有关京都观光指南的材料，打听了饭店的情况。

不用工作的威一郎什么时间都可以，但小西恐怕只有周末或连休才有时间。

既然要去，住两个晚上，游览三天的行程比较合适，其中一个晚上要是能和她同床共枕，那就谢天谢地了。

看着指南，威一郎的梦想无限膨胀起来。

那一天，星期六傍晚，威一郎从站前的商店街买了瓶装水和小西爱吃的奶油冰激凌和果子露冰激凌各一个。

刚过五点，初秋的太阳很明亮，他走上了通向公寓的坡道，从脖子到背上都汗涔涔的。

威一郎心里却兴奋不已。

今天晚上六点，小西要到家里来。

本来小西工作日才接受约会，周末一般不接受。她说，周六周日要去见朋友或回父母家等等，所以，俱乐部方面的约会一般都推掉。

不过，昨天下午他直接给小西发短信，要求约会时，她回信说“我直接去您家”；还说“虽然以往都是七点，但明天是周六，提早一个小时来”。

当然，他会照付约会费的，但这样不通过俱乐部，直接约她见面，让他感到很高兴。

一定要趁今天晚上和她确定去京都的事。入秋后就是连休，旅游的人太多，最好在连休前一周的周末去。

“今晚要跟她好好谈谈这件事。”

他对自己说着，走上了坡，看见公寓外面停着一辆出租车。

不知是谁家的人，他正要从旁边走过去，只听一个年轻女子叫道:“啊，爸爸。”他吃惊地停住脚步，只见美佳站在自己面前，妻子正从车里下来。

“哟，是你们呀……”

妻子每个月会突然回来一趟，而且大多是周六或周日的白天，所以，他觉得傍晚以后她不会来了。没想到，她突然和女儿一起回来了。

“还打什么车啊？”

他对她们打车显得十分不满意，嘟囔道。妻子立刻回了一句:

“今天东西多，从车站打的。”

她们确实拿着一个很重的箱子，大概是装着她们的换季衣服吧。他没有再吭声。

“爸爸，帮妈妈拿一下吧。”

美佳说着朝妻子手里的箱子使了个眼色。

他只好接过了箱子，洋子说着“对不起”，要去拿威一郎左手提着的超市塑料袋。

“不用了，拿得了……”

平时威一郎不吃冰激凌，要是被妻子瞧见了里面的东西，肯定会起疑心的。可是，要是非不让她拿，也不正常，威一郎想想还是把塑料袋给了妻子。

“怎么回事，两个人一块儿突然回来……”

“回来不行吗？”妻子不客气地反问。

“也不是那个意思……”威一郎小声说着，走到了电梯跟前。

三个人依次走进电梯，转过身来，面对电梯门站着，最前面的妻子说道：

“其实，今天早晨，我和美佳说起了小太郎。那孩子是不是很乖啊什么的，说着说着就突然特别想来看看它……是吧？”

“今天晚上我们就不走了，爸爸放心吧。”

这叫什么话。原来她们是突然想狗了，所以就为了狗回家来了。

还说什么不走了，放心吧。也太小看人了。

“你们在不在家，和我都没关系。”

他加强了语气。这时，电梯停了，门开了。

妻子率先走出电梯，美佳、威一郎跟在后面。沿着走廊走到家门口，妻子开了门。

“啊，真凉快啊。”

威一郎开着空调出去的，当然凉快了。

“终于到家了。”

妻子正说着，小太郎飞快地奔跑到两人跟前，一个劲儿地蹭着她们。

“真乖，你好吗？”

“很寂寞吧，现在已经没事了。”

什么乖不乖的！自己想走就走，现在突然回来，还好意思说呢。威一郎鄙夷地瞧着兴奋得围着母女俩打转的没头脑的小太郎。

现在最要紧的是，如果小西到家里来的话，就会跟妻子她们撞上的。

这是务必要阻止的。

威一郎假装有事，进了自己的房间，立即掏出手机，刚要给小西发短信，忽然看见没锁门，赶紧给锁上了。

“这就保险了……”

他急忙摁了一句:“今天临时有事,不能见面了。抱歉。”发了出去。

看看表，五点半，她肯定已经上了电车，正往这边来呢，也许已经快到了。

“快点儿看短信就好了……”

他右手拿着手机，盯着手机屏幕，可是一直没有短信来。

他焦急地看着桌子上的表，五点四十分了。

她还没有看到短信吗；还是在电车里，不方便回呢？

现在要是妻子喊自己，可就麻烦了。

小西，赶紧看短信吧。他祈祷着盯着手机时，突然响起了来电的声音。

绝对是小西来的。

他慌忙摁了接听键，传来她吃惊的声音：

“对不起，发生什么事了？”

“没有。你现在在哪儿？”

“我刚看到短信，现在到二子玉川车站了，现在就去您家。”

“可是，我现在有点儿急事……”威一郎瞅着房门，压低声音说道，“是这样，今天晚上临时要去参加守灵，现在就得去……”

这是他现编出来的借口，可又觉得不能自圆其说。

“您是刚刚才知道的吗？”

“原来打算去的人有事突然去不了了，我代替他去。”

对方沉默了一会儿，又问：

“从几点开始？”

“已经开始了。”

“现在您在哪儿呢？”

“刚从家里出来。”

“那我在车站等您吧。一个方向的话，还可以一起坐一段儿……”

这可不行，穿着丧服出门的话，家里还不炸了窝。

“不了，我打车去。”

“是吗？那我在家里等您回来吧。”

她的心意令威一郎感动得直想哭，可是今天无论如何也不能让她来。

“可是，有很多公司里的朋友去参加，不知道什么时候才能回来。”

“这样啊……”

小西遗憾地说道，威一郎对着手机深深地鞠了一躬。

“对不起，今天的事我一定会补偿的……”

对方没有说话就挂断了电话。

好不容易从那么远的地方来了，都快到家了，却把人家轰回去，实在是太不礼貌了。

一瞬间，转身返回车站的小西的身影浮现在他眼前。

“对不起啊。”他又发了个短信，恨不得现在就去追赶她，费了好大劲才克制住自己，小声骂了句：“浑蛋！”

“都怪那两个家伙，也不打个招呼，突然回来……”

他真想痛快淋漓地大骂她们一顿，可是又没有那个胆量。

这样一直待在房间里也会引起怀疑的。

于是，他把手机放进抽屉里，回到客厅。妻子劈头就问：

“你还买水喝……还有冰激凌。”

看来她已经检查过那个塑料袋了。

“天儿太热了呗。”

“爸爸，你喝这么多水呀。”

这回是美佳问的。威一郎没有回答，为了掩饰自己的狼狈，赶快去了厨房。

“我给你们冲杯咖啡吧。”

“嘿，你给我们冲咖啡？”

妻子和女儿对视了一眼，笑了。

“怎么了，你们……”

“就算闭着眼睛你都不会进厨房的，居然给我们冲咖啡……”

“一个人过日子，有什么办法？”

还不是因为你们不在家待着啊，他话到嘴边，没有说出来。这时，妻子往露台看了看。

“你有一个半月没回来了吧？”

“我都三个月没回来了，挺想家的。”

这两个人真够可恨的，他忍着气，烧开水冲咖啡。

“冲好了。”他一招呼，母女俩便坐到了厨房的餐桌前。

妻子刚喝了一口，忽然想起什么似的问道：

“他爸，你雇了什么家政服务员吗？”

“什么？”突然被这么一问，威一郎慌忙摇头，“没有啊……”

“那就奇怪了。”

“什么呀……”

他佯装不知地继续喝咖啡，妻子慢慢环顾着房间说：

“原来你的鞋都堆在玄关那儿，桌子上也堆了好多报纸，可是现在所有的鞋都收进了鞋柜，这个桌子上也……”

“全都是我收拾的。”

“你怎么突然之间变得会收拾屋子了？”

这个女人总是胡搅蛮缠。

“谁会没事做的，来我家打扫卫生啊？”

“明白了。”妻子站了起来，不想继续这个话题了，“今天晚上，一起去车站那边吃点儿什么吧。”

“同意同意。”女儿拍了拍手，问，“爸爸，吃什么好？”

威一郎恍然觉得现在小西还在车站似的，沉思不语。女儿说：

“去吃烤鳗鱼吧。车站的商场旁边的胡同里有一家吧？”

“天气太热，烤鳗鱼不错啊，就这样吧。”

母女二人自行其是地决定了去吃烤鳗鱼。

今天晚上，就当是突然刮来了台风，只有老老实实听她们安排了。

威一郎想开了，默默地喝着自己冲的咖啡。

第二天早晨一醒来，就听见厨房里妻子对小太郎说话的声音。

“对了，今天早上洋子在家呢。”

这么一想，他不由得恢复了以前那种悠然的感觉。

难道说自己内心还是向往这样的生活吗？他刚要对自己这种怀旧感表示赞同，转念一想，又对自己说：

“不能这样依赖她。”

他穿着家居服去了客厅，对站在厨房里的妻子问了声“早上好”，却没听见回应。

她好像在做早饭，没听见吧。

太没有礼貌了。这时，他忽然发现茶几上放着早报。

最近，都是自己早上下楼去拿早报，然后回到床上看，所以，看见茶几上的报纸觉得很亲切。

他拿起报纸，看了第一版，才知道今天是星期日。

这样的感觉也不错。他正一个人惬意地想着，突然背后响起了洋子的声音：

“可以跟你说点儿事吗？”

他吓了一跳，回头一看，妻子就站在自己身后。

“你是不是带什么人来家里了？”

怎么突然问起这个来了。威一郎没有回答，回过头继续看报，妻子转到了沙发前面来。

“你听见我的问话了吧？”

“你说什么哪。刚一回来，一大早就问这种怪问题。”

“可是，锅碗瓢盆放的地方都跟以前不一样了呀，就连水槽里的小垃圾桶都洗干净了，扣着放呢。说是你收拾的，谁信哪？”

完了。他想，现在只能死扛到底了，无论如何也不能承认。

“当然是我收拾的了。”

“还有……”

洋子去了厨房，马上又回来了，把一块白布放在茶几上。

“这布的叠法，你看看，也和我叠的不一样。”

威一郎对这个可是一点儿也不在行，看样子已经露馅了。

“你是这么叠的吗？”

“当然啦。”

“胡说，你骗谁呀？”

其实，你这种想走就走、想回就回的人才可恨呢。他想这么说，可是自己也有短处，便没有吱声。

妻子还没有罢休的意思。

“我问你，你在家里和谁一起喝葡萄酒了？”

妻子突然换了话题，这个好办，自己也在家里喝葡萄酒的。

“你问和谁，是以前的老部下呀。他正好来附近，就一起喝了，真是好久没见了。”

他胡乱编了一句瞎话，妻子哈哈笑起来。

“哎哟，撒谎都不会。”

“你说什么……”

“我问你，用了巴卡拉[1]葡萄酒杯之后，为什么放在那个地方呢？”

他慌忙回头看了看身后的餐柜，一向都放着那两个高脚杯的正中央是空的。

“请好好回忆一下。”

记得半个月前小西来的时候，带来了美味的法国奶酪，所以他开了一瓶放在酒柜里的红葡萄酒。

当时威一郎喝得有点儿醉了，想要纠缠小西，但是小西几乎没有喝，非常清醒，毫无空隙可钻。

反正巴卡拉酒杯是威一郎拿出来的，是小西收起来的。

“使用那个杯子的时候，你说怕别人给摔了，所以每次都是你

1 法国高级水晶品牌。

把它放回餐柜里去的吧，可是现在放在厨房的碗柜里了。”

确实，他对那对酒杯有着非同一般的感情。那是终于实现了梦想，当上了董事的时候，副总经理送给他的纪念品。是他指示妻子，一定要一直摆在显眼的地方的，威一郎无话可说了。

“昨天我一回来就觉得不对劲，平时你从来不吃冰激凌的，而且还是巧克力冰激凌……您不是只吃香草的吗？怎么突然换口味了？”

妻子数落着他，还不时加进几句敬语，更气得他无话可说。

“还怕我看见……”

实在是忍无可忍了，威一郎狠下心说道：

“你这么讨厌别人来家里吗？”

“还用问吗？”

“那你直接回来就可以了。”

威一郎拿出了杀手锏，妻子却坦然地挺起胸脯说道：

“我现在在那边有工作，不可能马上回来的。你明明知道，还打岔……到底是谁来了？”

直接告诉她，是一个比你可爱得多的年轻女孩算了；但是，要是说了，就不好挽回了。

他沉默着，美佳突然说话了：

“好了，别问了，妈妈。”

两个人的激烈交锋，女儿好像在门口都听见了。她慢慢走进了房间里，站在两人面前。

“不关你的事。”

正是关键的时刻受到了阻碍，妻子恨恨地瞪着女儿。

女儿安慰妻子说：“不过吧，妈妈，爸爸对你已经很宽松了，你这样一味地责备爸爸，他也太可怜了。多少也给爸爸一些空间吧……”

说得太对了。美佳的意外支持让威一郎得了救似的，慢悠悠地点点头。

被女儿这么一说，妻子好像也受到了触动。

“可是，美佳，你也知道，”妻子的语气稍稍缓和了一些，“厨房是女人的领地，每个人都有自己的一套整理方法。别人进了厨房，就好像那个人住进了自己家一样，觉得特别恶心。”

原来如此，威一郎微微点点头。女儿说：

“妈妈说的我理解。不过，至少把房间打扫干净了，有什么不好啊？”

“那是两回事。不管收拾得多干净，我也觉得就像被小偷乱翻了一通似的，心里别扭。”

把人家比喻成小偷，真有点儿过分。不过，妻子厌恶的心情也是可以理解的。

威一郎微微低着头，妻子严厉地下了命令：

“从今往后，即使我不在家，也绝不许带别人来家里。”

对这个命令，他既说不出“Yes”也说不出“No”来。

这种时候，还是暂时躲开一下才是最明智的。

威一郎慢慢地站起来，从妻子和女儿中间穿过去，退到自己的房间去了。

剩下自己一个人后，威一郎又想起了小西。

昨天晚上，因妻女突然回家推掉了约会，不知她后来怎么样了。

估计她是直接回去了，不过，一定很生气。虽然自己费了好大劲，编了个不能见面的理由，可她是不是真的相信了呢？由于是情急之下临时编出来的，所以很担心她会不会怀疑，可是，事到如今说什么都晚了。

昨天晚上，她已经到了车站，所以自己还是要付钱的。

问题是，去京都的事还没有谈呢。

预订房间越早越好。所以这两三天有必要再见一次面。

可是她会不会来呢？上次的变故使威一郎忐忑不安。

而且，下次她一来，又会改变东西的位置，很可能导致妻子歇斯底里大发作。

其实，妻子有必要那么生气吗？早知道这样，还不如一开始自己就说每周请人来收拾两次呢。

可是，这么说也得挨骂，什么浪费啦乱花钱啦，等等。

反正妻子这种人，不管怎么做，她都有训斥自己的话。

不过，经过这一次，妻子注意的地方他已经心里有数了，不会再出问题了。

总之，要跟她再见一次面。先发个短信吧。

刚打开手机，美佳敲了敲门，进来了。

“爸爸，我们走了。”

“现在就走？”

“妈妈好像特别恼火，说是要回我的公寓去，劝她也不听。”

既然那么不愿意让别人折腾自己家，干吗还要走呢？

一边说什么这里是自己家，一边还不在家待着，真是个不可理喻的女人。

威一郎虽然想这么说，可是，她要是真的不走了，也让他头痛。

“那她就不回来了吗？”

“不会的。妈妈嘴上虽然这么说，其实还是喜欢住在家里的。”

“那为什么还出走呢？”

“只是暂时不想回来。”

女人就是莫名其妙，不过，既然她想要走，勉强留她也没多大意思。

“搞不明白……”威一郎嘟囔着。

“爸爸，回见。注意身体啊。有什么事，随时跟我联系。”

威一郎点了点头，又问道：

“美佳，你妈是不是不想回这个家了？”

“暂时是吧。现在有工作可做，不在家里憋着，她觉得特别高兴。不过，早晚会回来的。”

“早晚哪。”

“爸爸可以趁着这段时间好好玩玩。”

玄关那边小太郎突然大声叫起来，妻子好像是出去了。

“随你的便吧。”他在心里说着。

“拜拜。”女儿挥了挥手，关上门走了。

chapter 15

/

懦弱

今年好像还没怎么觉得热，就已经进入了秋天。

最近几个早晨，威一郎带着小太郎出去散步时，发现路上的行人大多都穿上了长袖衣服或在短袖外面套一件开襟薄毛衣。

他在河滩边上蹲了下来，摸了摸河水，冰凉冰凉的。“秋天到了。”他低声说道，小太郎也轻轻地点了点头。

和小太郎一起生活半年多了，即使不说话，也能够互通心思。

九点多，他遛狗回来，喝了罐啤酒。吃完回来时顺路在便利店买的三明治后，回了自己的房间。

“现在干什么呢？”

他在心里念叨着，明知没什么可干的事情。

他坐在椅子上，看看四周，书架上摆满了书，有些书横着堆放着。

“也该整理一下了。”

他慢慢站起来，再一次看了一遍书架，发现都是些没用的书。

各种广告和宣传方面的书籍、出版社的历史等等，都是自己最后任出版部门的董事时自然而然收集来的，可是退休以后就不会再看它们了。

此外还有小说散文、美术全集之类，这些书以后还有可能看看。

先把不会再看的书挑出来，扔掉算了，卖掉也可以。

威一郎从浴室旁边的储藏室里找来两个纸箱子，开始往里面装书。

本以为自己拿的箱子大小适合装书，可是，书装满一箱子之后，非常沉。

这时候，儿子要是在家的话，可以帮着自己搬一下，可现在谁也不在。

没办法，只好自己往玄关搬。他蹲下来，“嗨哟”一用力，抬了起来。

突然腰部一阵剧痛，他一下子摔倒在地板上。

“怎么回事……”

还没弄明白发生了什么事，威一郎只觉得腰疼得就像断了一样。

“哎哟……”

他的腰还从来没有这么疼过。

他摸摸疼的地方，没有什么异常。

“这是怎么回事？”

一边问自己，一边慢慢地侧了侧身，又是一阵疼痛袭来，疼得犹如神经被撕扯着一般。

“浑蛋。”

他只得侧身躺着，这时小太郎跑来了，一定是发觉出事了。

现在，哪怕是一只狗在身边，也是种莫大的依赖。

“这儿特别疼……”

他诉说着，小太郎从头到脚地来回嗅着，然后舔起他的脖子来。

这可真是地狱里遇见了救命的菩萨呀。

“谢谢啦……”

威一郎受到了小太郎的鼓励，慢慢地翻过身趴在地板上，然后，四肢着地想要站起来，于是又引发了一阵剧痛。

看样子，好像是闪了腰。

威一郎虽然是生平第一次闪腰，但是，有个前辈以前也得过这病，就是这个症状。

“好吧，那就先上床再说。”

他对担心地围着自己忙个不停的小太郎说道。然后再次慢慢站起来，弓着身子，好不容易才蹭到了床上。

他还穿着衬衫和外裤，要把它们脱掉还得受次罪。所以，先爬上了床，想要平躺下来，又疼了起来。

“不行啊……”

现在只能怎么躺着不疼怎么躺了。

他弯曲着腿，慢慢地侧身躺下了，疼痛似乎减轻了一些。

小太郎担心地跳上了床，想要给他舔舔手和脚。威一郎对它说：

“我先休息一会儿，你不用担心。”

他听说扭腰是猛然搬动重物抻的，可是，自己只不过搬了一箱书而已。搬的时候，确实觉得沉，但这么重的东西，以前也不是没搬过呀。

这回居然把腰扭了，难道真是年纪不饶人吗？

“不至于吧……”

只是碰巧搬的姿势不对罢了，不是身体不行。

他给自己寻找各种理由，可是，现在腰疼得躺在床上，却是无法争辩的事实。

“只能就这么躺着了吗……”

看现在的情况，自己根本出不了门，也吃不了饭，甚至连洗澡、上厕所可能都做不了。

“怎么办？”

他越想越不安。

“就自己一个人在家……”

现在妻子和孩子都不在身边。自己不给他们打电话，就没人知道。

“我只有等死了……”威一郎慌忙摇摇头，“瞎想什么呢……”

威一郎不由自主地想要坐起来时，腰部又剧痛起来，他只好蜷缩着不敢动弹了。

此后两天，威一郎只能一直待在床上。

总算是换上了睡衣，还能弯着腰勉强去厕所，偶尔喝点儿冰箱里的啤酒，吃点儿剩面包。

当然，他不能带小太郎出去散步了，更不能下楼去拿邮件了。

简直就像被关了禁闭，即使这样，他也不打算跟妻子和女儿联系。

他当然希望她们来，如果现在她们出现的话，他不知会有多高兴、多欣慰呢。

可是，去求她们的话，也太难为情了，就好比自己打着白旗去敌人城门下缴械投降一样。

我可不想因为腰疼这点儿小病，沦落到那个地步。

大概是他这种宁折不屈的豪气起了作用，从第三天开始，腰疼竟然有所好转了。

站起来的一瞬间，虽然还钻心地疼，但是，用手撑着腰部，动作慢一点儿的话，可以勉强站起来。

如果注意着腰部的话，还可以慢慢在房间里走动。

“不错，照这样下去，还有希望……”

威一郎刚有了点儿精神，脑子里又浮现出小西来。

前几天，小西到二子玉川来赴约，可是自己推说有急事，没有见她，之后一直没有和她取得联系。

给她打手机，也没人接。跟俱乐部联系，对方只是说“她请假了”。

难道公司的工作突然忙起来了，还是她自己出了什么事情呢？

他很想跟她见上一面，为上次的事向她表达一下自己的歉意。

再这样拖延下去的话，好不容易计划好的京都之行就有可能泡汤了。

他放心不下，继续打电话，还是无人接听。

自己现在正腰疼，就算她提出想要见面，自己也出不了门，还是等腰好了再说吧。

不对，正是因为现在腰疼，需要她在身边照料，这样估计会好得更快一点儿。

腰痛刚好了一点儿，威一郎又开始想入非非了。

又过了三天，威一郎终于能够出门了。

说是出门，也不过是下楼去取邮件，或去车站那边的便利店买吃的东西。

第四天早晨，他叫了出租车，去了附近的医院，果然是扭了腰。

医生说：“骨头没事，休息休息自然就好了。”

威一郎听了终于放下心来，但还是不明白怎么会这样。

“这个病这么容易得吗？”他问。

“是啊，人到岁数了呀。”

医生这句话使他颇受刺激。

“可是，我才六十二岁啊……”

真是想不通，难道自己已经到了这个地步吗？他越想越沮丧。

既然医生说，休息休息自然就好了，他就尽量躺在床上休息。

去医院后又过了三天，星期一一大早，威一郎的手机突然响起了吵人的铃声，屏幕上出现了“美佳”两个字。

又不是节假日，这么早来电话有什么事吗？他觉得奇怪，接了电话，听见话筒那边人声嘈杂，估计是在车站里打的。

“有事吗？”

“现在我正往车站走呢……”

听筒里传来美佳气喘吁吁的声音。

“妈妈今天早晨回家去了。我先告诉你一声……现在差不多快到了。”

“回来了？”

不明白她是什么意思，他又问了一遍。

“我跟你说个事，别告诉妈妈……其实，昨天晚上，我和妈妈吵架了。”

他想，又是母女俩闹着玩儿吧，就像以前那样，可是美佳的口气很神秘。

“前几天，我们不是回了一次家吗？后来妈妈一直没完没了地唠叨，说什么你爸这人一向很随便，肯定又带什么女人来家里了。真没想到他是这种人。我绝不原谅……”

又是那点儿破事，威一郎不想听，美佳提高了声音：

“我觉得很烦，就说，妈妈不是也任性地从家里跑出来了吗？所以爸爸才会觉得寂寞呀，怎么能都怪爸爸呢，妈妈只想着自己舒服了。”

说得太对了。威一郎把手机贴在耳朵上，点着头。

“结果，妈妈又冲我发火了。她说，你也是大人了，就不能让父母省省心哪……”

这回，风向转了。

“后来呢？”

“实在受不了了，我就顶撞起她来。我说，既然你看我不顺眼的话，你就回家去呗。”

他的眼前清楚地浮现出了母女俩在狭小的房间里吵嘴的情形。

“昨天晚上，妈妈就开始收拾东西了。今天一早，对我说，我还是要回去，然后就走了。”

威一郎禁不住叹了口气，美佳担心地问：

“爸爸，你没事吧？”

“什么呀……”

“我担心妈妈回去的话，你们会吵架。”

威一郎不知道该表示同意还是不同意，正犹豫着，女儿说：

“啊，我已经到车站了，该上车了。”

“小心啊。”

“好。”

嘈杂的电话挂断了，威一郎慢慢闭上了眼睛。

以后还不知会发生什么呢？

威一郎去厨房，从冰箱里拿出乌龙茶喝了一口，思考起来。

妻子回家，虽然不那么让人“欢迎”，但也不算是坏事吧。

这次腰疼让他深有体会，一个人住确实不方便，心里也觉得没底。

这次只是扭腰，还不严重，万一是心脏病或脑溢血之类的，可就危险了。

在这个意义上，不能不说妻子回来得很是时候。可是，也有不利的一面，妻子守在身边的话，就不能再带小西到家里来了。

最近跟小西联系不上，也不知道什么时候才能联系上。一想到不能在家里和她见面了，威一郎多少感到有些凄凉。

“先看看情况再说吧。”

他这么呆坐着，沉思了三十多分钟，玄关那边传来小太郎的叫声，“真乖，真乖。”一个女人在哄它。

看来妻子真的回来了。

他仍旧坐在客厅里没有动，抬眼一瞧，妻子正穿过走廊，目不斜视地朝她自己的房间走去。

他耐心地等着她过来。等了大概十分钟后，妻子总算出现了。可是对威一郎一句话也没有说，径直去了厨房。

这么长时间没回来了，连个问候都没有，不像话！

他忍不住“喂”了一声，妻子好像刚意识到似的，走进客厅来。

威一郎手里拿着早报，装着什么都不知道的样子，问道：

“怎么回事，一大早突然地……”

妻子赶紧回答：

“我搬回来了。”

“回这儿来吗？”

“否则，你还会带女人来吧？”

是因为跟女儿吵了架，才回来的吧。这句话要是说出来，又捅马蜂窝上了。

他只好闷头不语，只听妻子对跟她亲热的小太郎说：

“乖，想我了吧。待会儿我给你好好洗洗啊。”

听她的话音，好像是说“我不在家，就脏成这样”。

说的什么废话。

他又仔细看了看妻子，表情异常地开朗，仿佛去掉了什么邪气一般，不像美佳说的那样。

妻子又去阳光明媚的露台，把玻璃窗全都打开了。

“灰尘太多，开一会儿换一换空气好吧？”

她对着小太郎叨咕完，又朝露台上瞧着，叹气道：“哟，秋海棠长这么高了，开两次花是没戏了。”

“哼，还好意思说呢。”

半年多了，把老公扔在家里不管，现在发神经似的跑回来，还指手画脚的，好像自己昨天才离开家似的。

威一郎烦躁起来，必须挫一挫她的锐气。

“你不是和美佳一起住吗？”

妻子立刻回过头来，手里拿着露台上的喷壶，说道：

“美佳的公寓是 1LDK，两个人住太挤了。”

这不是早就知道的吗？

“还有，瑜伽的工作怎么办呢？”

“我跟老师说好了，改成每周去两次了。从家里去虽然远一点儿，不过也不是去不了。”

也就是说，无论是教瑜伽也好，回家也好，一切都是从她自己的需要出发的。

威一郎有些瞠目结舌，想起了美佳说的那句“妈妈只想着自己舒服”的话来。

难怪她和女儿吵架呢。

“真是拿她没办法。”他正嗟叹着，听见妻子问：“你吃早饭了吗？”

“没呢……”

“刚才看了冰箱里，有鸡蛋和面包，我给你做夹蛋三明治吧。”

突然听见这么温柔的话，还真有点儿受宠若惊，不太习惯。妻子愉快地说：

“刚才我检查了厨房，和上次一样，放心了。”

妻子确认了自从上周到现在，没有女人来过的痕迹，显得很满意。

“顺便也检查了浴室和我的卧室。”

“你的卧室？”

不管怎样，即便小西“OK”了，他们也不可能上妻子的床呀。

威一郎吃惊得目瞪口呆，妻子又说：“像上次那样，再弄个来历不明的女人来家里，可不行。”

来历不明的女人？威一郎听了不由得抬起头来，看见妻子正横眉立目地瞪着自己呢。

威一郎被她的锐利目光吓退了，小声嘟囔着：

“谁也没带来呀。”

“嗯，看得出来，这回没有撒谎。被偷鱼吃的猫弄得到处都是腥味儿，谁受得了啊。”

“偷鱼吃的猫”，这叫什么比喻啊。他真想大声骂一句“混账”，妻子又追问道：

“你和那个女人分手了吧？”

什么分手不分手的，根本就不像她想的那样。

“真烦人。”

他扔了报纸，要站起来，突然一阵腰疼。

“哎哟，疼死了……”

他立刻捂着腰蹲了下来，妻子赶忙过来查看。

“你怎么了？”

“没事，有点儿疼……”

他差点儿说出了扭腰的事，可又不甘心这个时候告诉她。

他想回自己的房间去，可是只能佝偻着腰，一步一步地慢慢走。

“刚疼起来的？”

“不是，有十天了。”

“像是闪腰了。”

妻子如此迅速的判断，很让他折服。

“哎呀呀，真成老大爷了。”妻子说。

人家疼得难受，她还说风凉话。

真想呵斥她一句，可要是回头，腰肯定更疼。

没办法，他只好忍气吞声地朝着自己房间走去，妻子在背后说：

“马上就做饭，你在屋里等一会儿吧。”

妻子这家伙，忽冷忽热的，简直让人猜不到她究竟在想些什么。一回房间，他赶紧坐在了椅子上。

等着疼痛过去的工夫，他又想起了妻子说的话“真成了老大爷了”。

要说自己弯着腰走路的姿势，还真像老大爷，其实自己才比妻子大四岁。

“你不是也快六十岁了吗？”他真想回她一句，可是，忽然想起前几天看的书来。

那本书里有一篇题为《中老年人的生活方式》的文章，现在日本人的平均寿命是，女人比男人多七岁。再加上夫妻的年龄差，即是真正意义上的体力差。

自己比妻子大四岁，按照这个算法，七加四，自己就比妻子年长了十一岁。

“所以才不如她吗……”

他喃喃自语着，又想起了书里的话来。

绝大多数夫妻都是妻子比丈夫多活十年，给丈夫送终。

反过来说，绝大多数丈夫要由妻子来送终，所以一过六十岁，就必须对妻子和善一些。

要尽可能多对妻子说“谢谢”，有时候还要说“多亏你了”，等等。这是男人退了休以后，能够愉快地度过晚年的法宝。

看这本书的时候，他还觉得这些离自己远着呢，现在看来也并非那么遥远。

实际上，自己已经变得什么都要靠妻子帮忙了。

没有想到自己会衰老得这么快，的确需要认真面对了。

“混账。”

他气呼呼地骂了一句。这时，听见妻子在喊他：

“饭好了，你没事吧？”

当然没事了。威一郎嘟囔着，慢慢站起来，走出了房间。

厨房的餐桌上摆着烤面包和火腿蛋，还有一碗清汤。

虽说是很简单的早饭，却是妻子给自己做的，而且她就坐在自己对面，他觉得很新鲜也很稀罕。

这样才像吃早饭的样子嘛，他重新感受到了这一点。

“你的腰要不要去医院检查一下啊？”

“已经去过了。”

“拿药了吗？”

“吃着呢。”

那本书里写着，要对妻子温和，可是一时半会儿他也改不了。

“怎么会扭着呢？”

妻子想知道扭腰的原因。

“我想整理一下房间里的书，装箱后，刚一搬，就……”

“搬个箱子就……”

爱怎么说就怎么说吧，反正扭伤了，有什么办法。

“幸好不用去上班了。”

不想听什么她偏说什么，真是哪壶不开提哪壶。

“已经这么大年纪了，自己小心一点儿嘛。”

这算是担心我呢，还是嘲讽我呢？反正一听妻子说话就让人郁闷，所以，一吃完饭，威一郎就立刻躺倒在客厅的沙发上。

他看电视的时候，妻子收拾完餐桌，开始打扫房间。

威一郎在客厅里，她也照样在吸地。奇怪的是，他好久没有听见这样充满家庭气息的噪音了，反而觉得很安慰。

以前他从来没有过这样的感受。难道是由于扭腰而变得懦弱了吗？

三十分钟后，他回到自己的房间。妻子紧跟着也进来了。

“什么事？”他问道。

妻子飞快地扫了一眼屋里，说：

“那个，前些日子给你的存折在哪儿呢？”

“存折？”

她问的好像是银行的那个存折，她要它干什么呢？他迷惑不解时，妻子面对他站着，问：

“我已经回来了，生活费你就不需要了吧？”

要是把存折还给她，自己就又变成穷光蛋了。

“以后我来保管。”

“可是……”

“放心吧，会给你零花钱的。”

如果自己说“不给”的话，也许妻子又该大吵大闹了。

现在自己身体不适，还是息事宁人为好。

没办法，威一郎只好从上了锁的抽屉里拿出存折交给妻子。

妻子拿过来，立刻打开来，看了看。

“花了这么多……”

早料到她会吃惊的，其实这些钱都是为了和小西约会花掉的。

“要花钱的地方太多……”

他说得很暧昧，妻子立刻抢着说道：

“什么要花钱的地方太多……给女人花的吧？”

“怎么会呢？打高尔夫啦，在外面吃饭啦……”

“还有呢？”

对妻子严厉的诘问，威一郎不耐烦了：

“我就不能出去玩玩吗？”

“我看你已经玩得够多了。”

说完，妻子把存折往围裙口袋里一塞，转身走了。

真是麻烦了，这回和小西去京都也难了。

他不安起来，看了一眼手机，正好响起了铃声。

谁来的呢？他赶紧看来电显示，又是美佳来的。

威一郎接了电话：“喂，喂。”

“爸爸，”女儿清脆的声音传来，“我是美佳。妈妈怎么样？”

“什么怎么样？在家呢。”

“没事吧？”

现在这样算不算没事呢，他说不清楚。不过，有点儿终于安定下来的感觉。

“不容易吧？”

的确不容易，可是，要说容易也容易。

“妈妈是个很自我的人，爸爸也不要什么事都闷在心里。”

“嗯……”

话是没错，可事到如今，他也不想自讨没趣了。

“这个星期日，我回去看看你们，先忍几天吧。”

事情都已经这样了，也无所谓忍不忍了。不过，威一郎还是说：“知道了，谢谢。”

chapter 16 / 真正的自己

妻子回家已经快一个星期了。

不知是终于习惯了两个人在一个屋檐下生活，还是回归到了原来的状态，威一郎的心情也渐渐平静了下来。

腰疼也好多了，走得慢一点儿的话，也可以带着小太郎到河滩那边去了。

很难说是因为妻子在身边腰疼才好的，但是，不管有什么事，只要妻子在就等于吃了定心丸，这种安全感也缓解了腰疼。

不过，一个人生活时养成的一些习惯也改不掉了。

比如说，昨天下午，门铃响了，他隔着对讲机一问，是送快递的。

妻子正在阳台上，没有听见，他只好去开门，收了邮件。

好像是老家的弟弟寄来的梨。

他在快递领取单上盖了章。回头一看，妻子正站在他身后哧哧地笑呢。

有什么可笑的，他奇怪地问："笑什么？"

妻子说：“你以前可不是这样，除非我叫你，不然，这种事你从来不会管的。”

说得也是，以前门铃响了自己从来不会去开门的，即使偶尔去开门，一看是送邮件的，也会叫妻子去接。

“变化很大嘛，值得表扬啊。”

“说什么呢……”

威一郎拉下脸回头瞅了妻子一眼。

这简直就像乖乖看家的小孩子受到了妈妈的表扬。

这点儿小事，一个人生活自然就学会了。

“拿我开心吧……”

他想这么说，妻子笑吟吟地瞧着他说：

“太好了，这回我可以放心出门了。”

看着妻子满意的表情，威一郎心里冒出了一个疑问。

难道妻子离家出走是为了让我养成独立生活能力使出的苦肉计吗？

大概是为了让每天在家里无所事事的丈夫，多少帮着干一点儿家务，变得勤快一些，想出来的花招吧。

虽然没直说，但只要看看她那扬扬自得的窃笑，他就明白了。

“喂，我可不会这么容易任你摆布的。”

他想对她这么说，可是，事实证明，只要邮件一来，都是他自己出去接收了。

既然待在家里，这点儿举手之劳的小事还是应该做的。过去没有做，只能说明自己太懒惰了。

“看来我真被训练出来了。”

他忽然发现小太郎正歪着头瞧着自己呢。

“小太郎，过来。”

他一招手，小太郎就摇着尾巴蹿上了威一郎的腿，舔起他的手背来。

享受着那柔软的触感，他开始琢磨干点儿什么事。

既然已经被训练出来，干脆去学点儿做菜的手艺怎么样呢？虽说会有些被妻子牵着走的感觉，但是，这样不是活得更滋润一些吗？

像以前那样，总以大公司的董事自居，是没有意义的。总是顽固不化，最终也是自己受罪。

而且可悲的是，随着年纪的增长，男人似乎越来越软弱，越来越没有自信。

“所以……”

他喃喃自语着低头一看，小太郎正仰着脑袋瞅他呢。

“差点儿忘了，你也是公的呢。”

一股惺惺相惜的悲戚之感无缘由地涌上心头，他轻柔地抚摩着小太郎的头。

终于和小西再次联系上，这已经是在妻子回家半个月之后的事情了。

这天，他照常拨了她的电话，并没指望有人接，但没想到竟然通了，传来小西的声音。

“怎么回事？”

“啊，对不起。是大谷先生吧？”

只听了一句，她就听出来了。

“一直打不通你的电话，我很担心。”

“真是对不起，我关机了……”

大概她那些日子有什么事情吧，总算听到她的声音了，他那颗悬着的心也放下来了。

“俱乐部那边的电话我也打了，说你这段时间请假……”

这期间他的寂寞心情真是一言难尽。

“太好了。”他小声说道。

“很抱歉。”小西再次说道。

听到道歉当然让人高兴，但威一郎更想早日见个面。

“能见个面吗？”

“嗯，好吧……”

“那么，什么时候？我明天或后天都可以。”

很早他就开始计划和小西去京都旅游的事了，还去旅行社了解旅馆预订，以及三日游的行程等方面的情况。可能的话，他打算去琵琶湖好好玩儿玩儿。

“那个，下星期一见面可以吗？”

明天是周末，所以只能等到下周一了。

“好的，在哪儿见面呢？”

威一郎想了想，说：“就在上次见面的涩谷那个饭店吧。”

他现在的心情就像个毛头小伙般躁动不安。好久没有和她见面了，涩谷的那个最高层的西餐厅最合适不过了。

自从在那里见面，邀请她去了二子玉川的家之后，两人之间的距离急速缩短了。

从那天到现在已经过去了半年，看来那个饭店的确很吉利。

“就是那个最高处的西餐厅。”

“可是……”小西似乎在犹豫，“不去那么高级的地方也没关系的。”

“你不必客气，那就这么定了，我预订下周一的座位。六点半可以吧？”

“可以，我没有问题。”

“我也 OK。”他使劲点了点头，说，“这次要不要通过俱乐部约会呢？”

“不要……”她非常坚决地说，“请不要告诉俱乐部。”

这到底是怎么回事呢？以前一直是通过俱乐部约会的，不告诉行吗？

“那不成了私自约会吗？”

“是的……”

也许她和俱乐部之间发生什么摩擦了吧。管他呢，能见面就行。

“那就星期一见吧。”威一郎顿了一下，又鼓起勇气添了一句，“你一定要来啊。”

挂了电话，威一郎觉得自己周围仿佛突然之间呈现出了一片玫瑰色的光芒。

到刚才为止，自己一直觉得没有希望，本来都打算放弃了。现在又峰回路转，不仅和那位女性通了电话，还约好三天后见面。

他做梦也没有想到会出现这样的奇迹。

“看来我还行。”威一郎大大伸了个懒腰，“加油！”

他自己给自己鼓劲。

这段时间以来，让人不开心的事实在太多了。

妻子回来，让他觉得安心，可也是瞬间的事。腰虽然不疼了，身体却总是不舒服，总觉得疲劳，还去车站的医院看了好几回。

在医院一量血压，稍稍偏高，医生给他开了降压药，还推荐他去做个全面检查。

这个医院只能做胸透和验血，他就做了这两项检查，结果血糖值 150mg，有点儿高。

威一郎身高一米七二，身材很壮实，但腰围八十四公分，刚刚在标准值以内。

当然，人一过六十岁，血压和血糖稍高一点儿也很正常的。

即便是精致的瑞士表，用了四五十年也会出故障的，何况人的身体，使用了六十年，出现各种毛病也在情理之中。

医生对他说："从现在开始就注意的话，也不晚。"

于是，他放心了，按时吃药。医生说要多运动，所以他每天带着小太郎出去散步，不过，偶尔还是会察觉到自己上年纪了。

比方说，早上刮胡子时，他一照镜子，发觉从鼻子到嘴角的细小皱纹越来越多、越来越深了。

右眼边也出现了三个老年斑，其中一个每天都在变大似的。

"拜托，不要再长了好不好。"

他嘀咕着，使劲搓着黑斑，却丝毫不见缩小。

"唉，算了吧……"

他没有办法，只好每次和小西约会之前，都打上点儿妻子扔在家里的粉底。

还是托约会的福，才产生了修饰自己的想法。

"好吧，星期一就打扮打扮再出门吧。"

看着镜子里自己的脸，威一郎的心又荡起了涟漪。

涩谷某饭店四十四层的西餐厅。以前和小西在这里吃过饭，所以两个人都不会找错。

威一郎提前十分钟就到了，坐在靠窗边的座位上等着。小西六点半准时出现在了餐厅。

今天晚上她穿着银灰色针织连衣裙，胸前垂着一条长长的白色三重项链，看起来就像一位有钱人家的千金小姐。

打扮得这么鲜亮，肯定不是从公司直接来的。

“真漂亮啊。”

以前，他对女性是说不出这类恭维的话的，现在退了休，已经变成一个普通的大叔了，也许正因为如此，才能说得这么轻松。

小西有点儿拘谨地浅浅一笑，在威一郎对面坐了下来。

“上次在这儿见面的时候还是春天呢。”

“是四月初。”

两个人不约而同地朝窗外看去。

“天已经黑了。”

上次见面的时候，还是傍晚时分，能看清下面的街景，而现在已是夜色弥漫，到处闪烁着霓虹灯。

这些日子没见面，天已经变短了。

侍者立刻拿来了菜单，威一郎毫不犹豫地点了自选套餐。

上次仅餐费就花了四万元，不过，这点儿花销还是可以的。

当然妻子要是知道了肯定会唠叨的，那也不是问题。

反正自己手里有银行卡，她知道了也不能怎么样。

威一郎又要了两杯香槟，两人干了杯。

“又见面了，真好。”

小西也笑着点点头。

上次来这里时他就发现，周围看不到像他们这样年纪相差很大的男女。这也就是说，他们是令人羡慕的一对儿。

“上次让你白跑了一趟，对不起。”

威一郎感到很满足，当第一道菜上桌的时候，他两手扶着餐桌，低头致歉。

“因为突然有急事，所以不能见面了……”

那天是星期六，很早就说好了请小西到家里来的，谁知妻子和女儿突然回来，因此约会才取消了。

而且，小西已经到了二子玉川车站，自己却推说要参加朋友的守灵，让她回去了。当时，自己紧张得出了一身冷汗。

那天的事，怎么道歉都不过分。

“都是我不好……”他再次低头。

“您千万不要这样。”小西说，“已经是过去的事了。”

“可是……”

自从上次她都到了二子玉川，自己却没有跟她见面以后，就联络不上她了。

好几次给她打电话，都没有人接，俱乐部也只是说“她请假了”，她会不会是因为这个事呢？

“你生气了？”

“没有啊。”

她回答得很轻松，他觉得有点儿意外。不过，现在只能想办法挽回了。

“后来我一直在考虑去京都旅游的事。”

威一郎仿佛刚想起来似的，从皮包里掏出了旅游指南，放在餐桌上。

“已经到秋天了，该是看红叶的季节了。”

最近，和妻子一起生活的同时，考虑与小西去旅游的事是唯一让威一郎感到兴奋的事了。

“当然京都红叶景区很多，我觉得西山三山值得去看看。”

威一郎一口喝干了香槟，又要了杯白葡萄酒，也给小西要了一杯。

“这里离市区比较远，但景色特别美，可以和穴场媲美呢。”

他打开最近已经看了无数遍的旅游手册指给她看。

“要是去的话，还是平时人少一些……”

小西沉默着，翻看着旅游手册。

“能够住两个晚上的话，就有充足的时间观赏红叶。”

“……”

“总之，不早一点儿定下日子的话，饭店就预订不上了。”

说到这儿时，他喝了口葡萄酒，急忙补充了一句：

“啊，房间当然订两间。”

突然，小西带着歉意说道：

“那个，对不起，我还是不能去。”

“啊……”

他吃惊地瞧着她，小西轻轻地点了点头，说：

“让您费了这么多心，非常抱歉。”

“哪里……”

和小西一起去京都的事，他已经考虑好几个月了，跟她也提起过几次，但是，她一次也没有说过“可以去”。

由于他那么热情地介绍，她只好默默听着，其实，他还从来没有问过一次她愿不愿意去呢。

可以说这件事一直是他一厢情愿，不过，还是觉得挺遗憾的。

“你去不了吗？”

他又追问道。小西点点头。

她的表情虽然很平静，但眼睛里表露出的拒绝之意很坚决。

“……”

威一郎突然可怜起自己来。

说心里话，到现在为止，他一直以为小西会去的。他说过好几次想要两个人一起去旅游，而且她来自己家打扫卫生后他还说过。

小西虽然没有明确表示过，却含含糊糊地点过头。

她没有说“好的”，但他感觉她并非不想去。

这么说全都是自己误会了，真是缺心眼儿。不，只能说是自己太一往情深，想入非非了。

虽然对自己失望极了，他还是再次问道：

“真的不行吗？”

“对不起。”

望着深深低头道歉的小西，威一郎也难过起来。

“看来还是……”

像小西这样的年轻女孩，是不可能跟自己这样的大叔交友的。她看上去温柔可亲，其实只是为了这份工作，除此之外没有别的。

对这一点，自己怎么就没有意识到呢？他很气恼，喝光了葡萄酒后，只听小西轻声说道：

“那个，我要结婚了。”

“结婚？”

小西立即点点头，眼睛里闪过一道光辉。

“我前一段请假就是为了这个。”

“这样啊……”

这是再自然不过的了。以小西二十七岁的年龄来说，什么时候走进婚姻的殿堂都是顺理成章的。

如果以为她也像自己这样每天过着毫无变化的生活，和自己想着完全一样的事，只能说明自己太天真了。

“原来是这样啊……”

威一郎又说了一遍，夹起了一块烤鸭肉。

小西说她要结婚后，谈话一下子停下来，两人只是闷头吃着。直到餐桌上摆上了餐后甜点——杧果巴伐利亚风味冷点和咖啡。

吃完这道点心，自己就要和小西分手了，也许以后也不会再见面了。

这么一想，威一郎觉得心里很不是滋味，便试探着提议：

“那边有个酒吧，要不要去坐一会儿？”

小西略微扭头看了一眼，慢慢地点了点头。

酒吧在餐厅门口左边的高台上面，由吧台围成一个半圆形。

还不到九点，没有什么客人。两人并排坐在吧台靠中间的地方，小西要了杯女士鸡尾酒，威一郎想喝点儿烈性的酒，就要了一杯烈性白兰地。

“白天这里能看见那边的富士山，可是，一般人都是晚上来酒吧。”

他若有所思地说道，小西温婉地一笑。说了结婚的事之后，她像是放松了些。

“他是干什么的？”

“在公司里。”

“多大？”

“三十岁。”

“是吗？真年轻啊。”

比自己年轻一半呢。退了休的男人怎么能和这样的男人竞争呢？不，想这些本身就不对。

威一郎一口气喝干了白兰地，试探着问道：

“以后不会再见面了吧？”

“还能见面的。”

“你还在俱乐部？”

“当然不在那儿干了。不过，要是大谷先生找我的话。”

“真的？”

他无法相信地盯着小西，小西笑着点点头。

“那么，可以请你吃饭？”

“可以。时间方便的话。”

“约会费用我会付的。”

“不用付了，我已经辞工了。”

“可是，今天的呢？”

“今天也不用了。您每次都请我到这么高级的餐厅来，非常感谢。”

见小西深深低下头。威一郎也想表示谢意。

“经常请你来做家务，还为我做饭，实在太感谢了。”

“哪里，我才是冒昧打扰，应该请您原谅的。”

“说哪儿的话，我真的要感谢你。”

威一郎又要了一杯白兰地，顿了顿，问道：

“不过，你对我这个老大爷真的非常好。”

“您可不能这么说。大谷先生很年轻的，非常有精神。”

“哪里，不可能的。”

这时候，他突然产生了想要倾吐一切的冲动，下决心说道：

“其实我没有对你说实话，我现在并不是大公司的顾问……”

以为她会吃惊，谁知，她很平静地说：

“我知道。”

“你知道？”

“是的，其实您已经退休了。”

他难以置信地瞧着小西，她莞尔一笑，说：

“因为你说在大广告公司工作，我上网查了一下，没有您的名字，问了公司，说两年前就已经退休了。”

只要有心，一查就知道，自己怎么这么愚蠢呢。他羞愧得用手挡着额头。

“而且，您从来不谈论工作上的事，见面也很准时……”

如果还工作的话，会因为加班等问题偶尔迟到的，而且，还会经常谈论自己的工作炫耀的。

想当年，自己就经常在俱乐部那样的地方对女招待们炫耀自己多么多么有权力。

“是吗……”

他万万没想到，自己已被小西看透。

“是不是觉得特别无聊？”

“为什么这么说？”

“一个退了休的老头子……”

“不是啊，学到了很多东西。”

“学到了东西？”他不相信，反问道。

“您知道得特别多，而且……不知这么说合适不合适。”

“说吧，没关系。”

“您非常可爱，非常幽默……”

“你说我可爱？”

“我觉得您凡事都特别要强……”

“也只能这样……”

“这样不是很好吗？”

“好吗？”

“当然了。”

面对着毫不犹豫点头的小西，威一郎不由得和她碰了杯。

“谢谢了。”

他第一次听别人这么评价自己。没有工作了，没有人在乎自己了，却得到了这样的评价。

“你真的这么想吗？”

“我不喜欢自吹自擂、自命不凡的老年人。”

“……”

“去那个俱乐部的人大多是有身份有地位的人，特别爱吹嘘自己，挺烦人的。只有大谷先生特别温和、特别坦诚……”

“坦诚？”

“去您家时，夫人不在家，您还是非常坚强。”

连这个都没有逃过她的眼睛啊，他正想着，见她低下头说：“还有可爱的小狗，真的很愉快。”

“谢谢。”

现在威一郎也只能认可小西的评价了。

“以后还能像这样见面吗？”

“当然可以了，现在的大谷先生是真实的大谷先生了呀。”

她说得一点儿不假。退了休，地位、职务都化为泡影，变成单纯的大谷威一郎了。对此，自己一直感到郁闷和自卑，但是，这才是现在的自己啊。

“我现在什么头衔也没有了。”

“这样不是很好吗？”

“太好了。听你这么一说，我也有自信了。”

“您不要泄气。”

得到了鼓励，威一郎又想说说以后的事了。

“说起来很难为情，我以后想学学做菜呢。”

“太棒了。”

“太棒了？”

“这些家务活儿，男人也应该多做呀。”

的确，他一直觉得男人应该做那些更能够发挥智力的社会性的事情而不是家务。可是，如果总是拘泥于这种观点的话，生活只能越来越枯燥无味。

其实，不会干日常琐碎的家务活儿才真是缺少了生活的意义呢，因为这些才是生活的基本啊。

“也许我以前太看不起家务活儿了。”

“您夫人一定会高兴的。”

倒不是为了让妻子高兴，不过，自己看问题的角度的确是变了。

“不知道自己能做到什么程度，但是，男人也得改变一下了。”

“是啊，我也要改变改变了。”

小西使劲点了点头，然后看了一眼手表。威一郎轻声问道：

“你想回去了吧？”

“可以吗？”

“当然了。”

今天晚上不是她的工作，没有权利约束她。

“今天也非常感谢您的款待。”

“哪里……”

威一郎倒是想对小西说声谢谢。

“多亏了你，我才能够振作。谢谢。”

“我也一样。”

“还能见到你吧？”

“能，请给我的手机打电话。”

突然之间，他仿佛觉得小西变成了能够包容一切的年长女性了。威一郎也用力点了点头。

“谢谢你。”

他再次向小西伸出手来，小西也握住了他的手。

这柔软温暖的触感，使威一郎无比地满足。

“再见。”

小西鞠了一躬，转身轻盈地走了。目送着她的背影，威一郎对自己说:

“好吧，从今天开始新的生活。”

虽然不知道自己能做到什么程度，但无论如何要迈出这第一步。可能刚一迈步就会摔跟头，但最重要的是改变。

威一郎告诉自己。

/ 译后记
给“孤舟族”一份关爱

渡边淳一新近推出的长篇力作《孤舟》，有别于以往的情爱主题，将关注的目光投向了老年群体。作者借孤独地漂泊在茫茫大海上的一叶小舟来比喻刚刚退休、陷入孤寂的中年男人以及情感无所寄托的老年人，可以说十分形象。作者还亲自将这样的群体命名为“孤舟族”，“孤舟族”一词借此成为日本2010年新造语。

日本媒体认为“一直描写非现实生活，直到极致的《失乐园》”的作者，凭借《孤舟》华丽转身为描写“极致的现实生活”。

被记者问及创作初衷时，作者说：“作家只熟悉自己经历过的年代。遗憾的是日本的男作家都英年早逝，所以没有人来写老年人的问题。”尽管作家没有退休的问题，但“‘和我同时代的作家，没有人去描写和我同时代人的价值观和主题’，这样的孤独感促使我‘想要放开地写一写’。”

谈到小说题目时，作者回答：“我给他们取名‘孤舟族’，就是那种在大海上或者河流上漂浮的一只小船的意象，它有可能会沉下去。人一旦没有了追求，就会立刻生病。解剖学告诉我们，血管附着神经，如果人总是不开朗不愉快的话，就会血脉不畅。”

诚如作者所言，在日本文学中，专门描写男人退休后生活状态的文学作品十分罕见，即便是渡边淳一也从来没有写过。已届七十六岁高龄的渡边淳一，近年来开始从不同角度探讨老年人的生存状态等系列问题。七年前发表的以老年人为主人公的《复乐园》，主要围绕住在老年公寓里的七十岁前后的老年男女的感情生活而展开。他们互相寻求慰藉，以此来摆脱孤独。每一个幽默故事的背后，都隐含着深深的寂寞。

渡边淳一在《孤舟》里塑造了另一种典型。主人公大谷威一郎由退休前呼风唤雨的董事变成了无人搭理的大叔，加之与家人的疏离，更加剧了心理的落差。看似吃喝不愁、悠闲度日，内心却孤独寂寞、无处排遣，又不想在别人面前表现出这种失落，使得自己变得越发不知所措，以至于从爱犬身上寻求精神慰藉。

多年来，医生出身的渡边淳一凭借自己的医学素养，深刻揭示了男人和女人不同的生理、心理、性格特征等等。可以说没有一个作家如此执着地关注现代社会不同年龄段、不同性别的普通人的生活状态。

日本早已进入了老龄社会，作为日本近邻的中国也已经步入了老龄社会。现在中国老龄人口已达 1.67 亿，占人口总数的 12.5%。按照联合国的标准，老龄人口超过 10% 便属于老龄化国家。据统计预测，2010 年以后的三十年，中国将会加速老龄化的进程，2030 年，会超过日本，成为全球老龄化程度最高的国家。

实际上，现在中国的老龄化问题已显露端倪。由于子女出国学习工作，或去外地学习打工等等，中国空巢家庭已经越来越普遍，或可命名为“空巢族”。而与日本的“少子化”（自主的）相对应，中国的“独生子女”政策（被动的）则是中国老龄化的成因之一。

相当于日本“团块一代”，美国的“战后婴儿潮”的、中国“50后”的子女，即庞大的“80后”大多是独生子女。他们的父母已渐入老年，一对“80后”夫妻上面是四个老人，如果这对夫妻依然生一个孩子的话，那么，再过二十年，一对“10后”夫妻，便要面对12个老人了（即各自的父母共4人，加上各自父母的父母共8人）。那将是怎样一幅老龄社会的图景啊（还不包括没有结婚或没有孩子的家庭）。

而且，相对于发达国家（包括日本），中国的老年设施还不很完备，绝大多数老年人既没有这个意识，也没有这样的经济条件入住养老院。因为中国是在经济发展相对落后的情况下进入老龄化社会的，可谓是“未富先老”，而发达国家却是“先富后老”。因此，中国面临着比日本更为严峻的老龄化前景。

“孤舟族”“空巢族”以及“银发族”等等正在形成一个不容忽视的社会问题，需要及早去面对，采取对策。否则，将会导致严重的后果。

据日本媒体报道，2008年6月15日，日本千叶县一老翁木内芳雄，用铁锤把熟睡中的一家四口（老伴、儿子、儿媳、孙女）一一杀死，之后自首。他交代杀人动机时，说“杀光全家可以变得快乐”。这是多么触目惊心啊。这一案件恰恰反映了日本老年人自我存在感的丧失。

日本这几年出现了一个流行词语——3K，即日语“健康

（kennkou）、心情（kimoqi）、金钱（kane）”三个词的罗马字拼写第一个字母，表明这三者是确保老年人安度晚年的重要条件。主人公大谷威一郎不缺金钱，也不缺健康，可是关键是没有好心情，精神上十分孤独。可见三者缺一不可。

人们往往认为只有年轻人才有压力，对许多老年人的精神健康没有给予足够的重视。人到老年，由于身体的日渐衰老，慢性疾病增加等等，会出现一些心理问题。诸如，怕孤独、多疑、偏激、抑郁等，如果不及时调整心态、克服不健康心理、科学地看待生命、树立积极的人生态度，健康就会每况愈下。由于生理特点、社会角色不同，男性往往比女性更容易陷入这样的状态。因此，社会的关注与家人的关爱是不可或缺的。只有未雨绸缪，才能避免更多悲剧的发生。

年轻人都忙于自己的事业，疏忽了对父母的关心；而老年人的孤独也是年轻人体会不到的。物质上的关心代替不了精神上的慰藉。不是有首歌叫《常回家看看》吗，其反映的就是子女的关心对老年人的重要性。

渡边淳一曾在另一部作品中谈到自己的情况，由于工作繁忙，父亲去世时，他没有赶上，便打算好好侍奉母亲。可是，过了几年，见母亲身体很健康，便减少了问候看望的次数。结果，有一天母亲突然去世了，他又没来得及见最后一面。这对他打击很大，使他后悔莫及。

渡边淳一通过这部作品，提醒人们去关注老年人，关注“孤舟族”的存在，同时，也启发老年人要努力适应晚年生活。要改变自己的心态、认清现实，尽量不依赖别人，做真正的自己，这样才能获得属于自己的幸福晚年。健康的身心就是最大的幸福，幸福就在你身边。

但愿《孤舟》能够给老年人一份抚慰，给年轻人一份警醒，让天下老年人都能够尽享天伦之乐、安度晚年。

竺家荣

2010-12-2